UNE PARISIENNE

2500

CALMANN LÉVY, ÉDITEUR

DU MÊME AUTEUR

PARIS. — IMPRIMERIE CHAIX, 20, RUE BERGÈRE. — 13390-2

UNE

PARISIENNE

— ÉTUDE DE FEMME —

PAR

CLAUDE VIGNON

PARIS

CALMANN LÉVY, ÉDITEUR

ANCIENNE MAISON MICHEL LÉVY FRÈRES

3, RUE AUBER, 3

—

1882

UNE PARISIENNE

I

Suivez le boulevard Saint-Germain en tour-
nant le dos au boulevard Saint-Michel ; à main
droite, voyez-vous ce petit tronçon d'une vieille
rue, coupée par le boulevard ? « Rue Mignon »,
dit la plaque bleue clouée à l'angle par la prévoyance municipale. « Rue Mignon ? » Vous ne
connaissez pas du tout cette rue, n'est-ce pas ?
Entrez-y ; faites vingt pas : vous êtes dans la
rue Serpente, une rue que probablement vous
ne connaissez pas davantage, si vous n'avez
pas connu l'ancien Paris : le Paris de la Res-
tauration, de la Révolution de Juillet, alors

que M. Haussmann n'était encore qu'un grand jeune homme et un petit sous-préfet à Nérac, ne prévoyant guère ses grandeurs futures.

Cette rue Serpente ! la voyez-vous qui se coule, entre deux rangées de maisons hautes et irrégulières, jusqu'à la cour de Rohan, laquelle à son tour rejoint la cour du Commerce qui a ses issues rue Saint-André-des-Arts, rue de l'Ancienne-Comédie et rue de l'École-de-Médecine ? Il y a un ruisseau au milieu ; des bornes, à l'entrée des portes-cochères ; des boutiques grillées ; aux fenêtres, des balcons en fer forgé auxquels s'accrochent quelques plantes étiolées ; de vraies mansardes sur les toits.

Quand on entre dans ce pâté de rues torses et de bâtisses incohérentes en quittant les grandes artères du Paris moderne ; quand on lève les yeux le long de ces maisons ventrues qui ont tassé, où, çà et là, on voit encore des fenêtres à guillotine, on demeure un moment abasourdi, comme si on se trouvait transporté tout à coup dans une ville inconnue. Ce n'est pas la province ; en province il n'y a pas de ces maisons à cinq étages pressées les unes contre les autres ; ce n'est pas l'étranger : rien ici ne rappelle la misère de Francfort, ni le pittoresque de Naples, ni le grand air des maisons de Gênes. Point de bruit ; ni enfants qui grouillent, ni femmes qui se peignent sur leurs portes ; cela n'a pas davantage l'aspect conventuel de certaines rues mortes à portes closes et à grands jardins ; il y a des passants qui vont à leurs affaires ; des habitants qui entrent et sortent ; des femmes qui cousent à leur fenêtre. Rien ne ressemble à cette rue que ses voisines la rue des Poitevins, la rue de l'Éperon et deux ou trois autres.

Eh bien ! telle vous voyez aujourd'hui la rue Serpente, telle vous l'eussiez vue il y a quarante ans. Otez les becs de gaz et remplacez-les par des réverbères ; mettez sur les pans de mur des affiches de théâtre annonçant une pièce de Scribe et un opéra de Boïeldieu, au lieu d'une pièce de Sardou et d'un opéra de Verdi ; écoutez sortir de cette échoppe un refrain de Béranger ; voyez passer le long des maisons un monsieur à habit en queue de morue et à pantalon à sous-pieds, une dame en chapeau à haute calotte et à large passe ; à manches à gigots, à robe courte, à bas à jours, posant prestement, sur les pavés boueux, un petit pied chaussé de souliers à cothurnes : vous y êtes. C'est le Paris d'autrefois, le Paris qui a vu naître la génération parvenue aujourd'hui au sommet de la vie, et qui ne se souvient plus d'avoir été en diligence, d'avoir vu découvrir les allumettes chimiques et la photographie. Le Paris des Parisiens.

Certainement vous n'imagineriez pas de demeurer aujourd'hui rue Serpente ; vous craindriez, en y donnant votre adresse, de rencontrer sur le visage de votre interlocuteur un air d'inexprimable étonnement. On y demeurait pourtant, entre 1830 et 1840 ; et même c'était assez bien porté ! Là se logeaient les hommes de science et les hommes de lettres parvenus à une certaine situation sociale ; les auteurs dramatiques joués, les romanciers édités, les journalistes en possession d'un emploi dans une feuille quotidienne ; les professeurs ; quelques employés supérieurs des ministères, etc. Enfin c'était un quartier de bonne bourgeoisie.

Vers le milieu de la rue se voyait — et se voit sans doute encore — un ancien hôtel précédé par une cour ; à droite la porte cochère

flanquée de ses bornes ; à gauche, la loge du
concierge avec une fenêtre sur la rue et une
porte sur la cour ; au fond, l'hôtel à trois étages ;
entre l'hôtel et la loge, un petit corps de bâtiment qui avait servi pour une écurie et une
remise, et qui servait actuellément d'entrepôt
à une maison de librairie ; dans l'angle, toujours
du même côté, un perron et une porte vitrée.

Cette porte ouvrait sur un vestibule carrelé
d'où l'escalier montait aux étages. L'hôtel n'a-
vait pas plus de quatre fenêtres de façade ; il
était brusquement coupé à droite par le mur
pignon de la maison voisine ; le toit était d'ardoise, surmonté de mansardes et un peu déjeté.

Ce n'était point une habitation luxueuse ;
mais c'était pourtant une des plus respecta-
bles de la rue.

Au rez-de-chaussée demeurait une famille
noble de médiocre fortune ; au premier, un
membre de l'Institut ; au second, un auteur
dramatique ; au troisième, la famille Langlé
que je vais vous présenter.

M. Langlé père, sous-chef au ministère de
l'instruction publique, bureaucrate ayant vieilli
dans la bureaucratie ; quarante-cinq ans, chauve

bien tenu ; allant à son bureau à dix heures,
en sortant à quatre ; rentrant à cinq heures
pour dîner, et allant, dans l'intervalle, faire
un tour au Luxembourg. Madame Langlé, quarante ans, une toilette de femme mûre, — car
dans ce temps-là les femmes de quarante ans
n'étaient plus jeunes ; — un visage passable ;
une tenue soignée. Charles Langlé, étudiant
en droit, vingt-deux ans, l'accoutrement pittoresque des étudiants dessinés par Gavarni, mais
une conduite assez régulière et des opinions
libérales. Mademoiselle Amélie Langlé, dix-neuf
ans, pas positivement jolie, mais agréable :
des yeux noirs, des cheveux bruns, de jolies
dents serties par des lèvres roses ; de petits
pieds, de petites mains, une taille ronde et fine ;
vive, alerte, adroite ; mise le plus simplement
du monde, mais toujours bien coiffée et gen-
timent troussée. Enfin, Henriette Langlé, fillette
de douze ans, vêtue d'un tablier-blouse de per-
caline noire ; portant deux longues tresses
pendantes sur les épaules, et partageant son
temps entre l'étude de la grammaire, de la
géographie, de l'histoire, du catéchisme, etc.,
et la pratique des surjets et du feston.

Toute cette famille avait pour vivre et s'élever les appointements de M. Langlé et les revenus de la petite dot de madame Langlé; en
tout 4,500 francs, sur lesquels on prélevait
400 francs de loyer pour l'appartement de la
rue Serpente.

Cet appartement était convenable comme la
toilette de madame et de mademoiselle Langlé;
comme le mobilier, comme l'éducation des
filles et du garçon.

Une antichambre sur laquelle on avait pré-
levé une cuisine faite après coup, lorsque
l'hôtel avait été divisé en appartements; une
salle à manger dallée de carreaux blancs et noirs;
un salon parqueté, à parquet point de Hon-
grie, à panneaux boisés et peints en gris; une
chambre à coucher de même style pour M. et
madame Langlé, et une chambrette, ancien
cabinet de toilette sans doute, où tenaient bien
juste les deux lits des jeunes filles, une table
à ouvrage et un lavabo.

Charles couchait dans la mansarde du quatrième, car on n'avait point de domestique :
une femme de ménage suffisait à ces dames.

Le mobilier, ce luxe principal du Parisien,

avait le confortable de l'époque. Quoique le mot
ne fût pas encore passé dans le langage, l'effet
se faisait sentir dans les mœurs: la salle à manger était meublée en noyer, à la mode d'alors;
le salon, en acajou, avec fauteuils et canapés
recouverts de moquette imprimée; on y voyait
un guéridon à dessus de marbre noir, chargé de
journaux, de keepsakes, d'ouvrages de femmes;
un piano carré; une console assortie au guéridon
et supportant des vases de porcelaine remplis de
fleurs fraîches en été, artificielles en hiver; des
portraits de famille, une pendule reproduisant
une scène de Walter Scott et des candélabres
à cinq bougies; des coussins en tapisserie,
des tapis au milieu de la pièce et devant les
meubles. La chambre à coucher de M. et madame Langlé ne le cédait en rien à ce salon
conforme au goût de l'époque et à la position
de la famille. Dirai-je le lit à bateau, les
rideaux blancs et rouges entre-croisés, etc. ?
Non, car je ne fais pas un inventaire et en
voilà assez pour qu'on sache du cadre de la
famille Langlé ce qu'il en faut savoir.

On vivait là dans l'aisance malgré l'exiguïté
du revenu : de temps en temps on recevait des

amis à dîner; on allait quelquefois au spectacle, et mademoiselle Amélie était conduite au bal, par son père, deux ou trois fois par hiver.

C'est que madame Langlé, Parisienne de naissance, entendait à merveille la vie de Paris et savait la pratiquer avec une aimable dextérité. Sans avoir l'air d'y toucher, elle mettait la main au ménage et se faisait aider par ses filles. Il fallait la voir sortir tous les matins à la même heure, dans la tenue modeste et sombre d'une personne qui va à la messe, gagner d'un pied rapide le marché Saint-Germain, y choisir d'un regard précis les choses les plus avantageuses, les faire réunir chez une marchande unique qui portait à domicile; commander en passant le nécessaire chez son épicier, chez son boucher, puis retourner au logis sans rapporter autre chose qu'une botte de fleurs ou quelques fruits choisis. Tout cela était l'affaire d'une demi-heure. Sa fille aînée, pendant ce temps-là, faisait faire l'appartement par la femme de ménage, et, les mains gantées, époussetait elle-même les pendules, les keepsakes, le piano, etc., tandis que sa sœur étudiait ou faisait ses devoirs.

1.

A neuf heures, l'appartement était fait et
madame Langlé rentrée; et, tandis que la mère
surveillait les apprêts du déjeuner, Amélie corri-
geait les devoirs de sa sœur.

On déjeunait en famille : deux plats légers,
du fromage, des confitures ou un fruit, du café.
Une demi-heure après le déjeuner, la femme
de ménage avait lavé et rangé vaisselle et couverts, et était partie. Elle revenait à trois heures
pour faire le dîner, qui consistait aussi en deux
plats, plus solides qu'au déjeuner, un potage,
une salade suivie de quatre assiettes de dessert
qui figuraient invariablement à l'entour d'une
corbeille d'oranges arrangées dans de la mousse
en hiver, d'une corbeille de fruits en été.
Madame Langlé lui donnait douze francs par
mois, comme gages; et ensuite, à titre gracieux,
la desserte de la table.

Oh! la femme de ménage! quelle précieuse
institution disparue depuis que le Paris d'autrefois, le Paris des Parisiens est devenu le Paris
d'aujourd'hui, le Paris caravansérail de l'Europe !

C'était d'ordinaire quelque femme d'ouvrier;
elle pouvait, en outre du ménage d'une famille,

comme la famille Langlé, faire un ménage de
garçon dans la journée, sans parler du sien
propre, — six francs de plus, en tout dix-huit ;
plus les vieux effets qu'on lui donnait, çà et là,
et divers menus profits. Pour gagner autant, il
aurait fallu coudre beaucoup au logis et user sa
lumière et ses yeux. A faire « des ménages » la
femme d'ouvrier qui n'avait pas d'enfants en
bas âge trouvait donc son compte. Les familles
de moyenne fortune y trouvaient aussi le leur.

En effet, gages modiques et rien de plus ;
ni nourriture, ni blanchissage, ni anse du
panier. Tout ce qu'on donnait en sus des gages
était de surérogation et, par conséquent, toujours reçu avec reconnaissance. La femme de
ménage se trouvait, de fait, nourrie par la
desserte, et comme la table de l'ancienne bourgeoisie était abondante, la condition, en somme,
n'était pas mauvaise.

Ces détails infimes ont leur raison d'être
quand il s'agit de peindre l'intérieur d'une
famille de bonne bourgeoisie et de fortune
moyenne, de 1830 à 1840. Ce temps paraît déjà
si loin de nous !

Peu s'en faut qu'il ne me semble, en recon-

struisant le Paris des Parisiens, reconstruire
une cité antique, et que je n'aie, en longeant
la rue Serpente, des impressions analogues à
celles que je ressens en suivant une rue de
Pompéï.

Ces menus suffrages d'ailleurs ont aussi un
intérêt pour qui aime à rechercher les contingents divers, les circonstances extérieures qui
ont concouru à créer un type, à former un
caractère. C'est parce qu'elle était née dans
ce milieu, c'est parce qu'elle s'y était dévelop-
pée, que mon héroïne était ce que nous la
verrons être, au cours de cette étude : une
Parisienne du vrai Paris, alors qu'il était lui-
même, c'est-à-dire le centre de la France, sa
capitale à elle, son cœur, son cerveau, son
tempérament et non pas la grande Babylone
moderne, et la capitale du monde : le point
de ralliement des déclassés, le champ clos des
désœuvrés et des millionnaires; au temps où
« la femme comme il faut » régnait et où les
cocodètes étaient inconnues; où il y avait des
grisettes et des comédiennes, mais point de
cocottes; des salons, des foyers, des cabinets
de lecture, des étudiants, cet ensemble de

choses, enfin qui faisait un tout inimitable et charmant, exhalant une atmosphère *sui generis;* toujours capiteuse, jamais enivrante.

Et puis les romanciers, — qui daignent seulement s'occuper des grands drames et des types d'exception; qui se plaisent aujourd'hui à nous peindre tantôt les rebuts sociaux, tantôt des excentriques affolés dont les copies n'existeraient point dans la vie si les romans ne fournissaient des modèles; qui fouillent la fange ou nous conduisent, à la suite d'hommes de débauche et de femmes de joie, dans des cercles infernaux, — les romanciers ont trop négligé de nous introduire dans le milieu moyen qui est le milieu caractéristique des sociétés et des nations. La femme cosmopolite, nous la connaissons ; la vraie Française, nous l'ignorons encore.

Allons donc la chercher au cœur même de la nation et de la capitale; ni sur les sommets, ni dans les bas-fonds, ni dans les cercles interlopes; mais dans ces régions centrales, où gisent les forces vives du pays.

II

J'ai dit, je crois, qu'Amélie Langlé faisait
l'éducation de sa sœur ; madame Langlé avait
d'abord fait la sienne ; puis, pour la compléter,
on l'avait mise en pension, pendant deux ans,
dans un des meilleurs pensionnats de Paris ; elle
avait profité, parce qu'elle était intelligente ;
et, quand elle revint au logis, elle pouvait à
son tour transmettre à sa jeune sœur ce qu'elle
venait d'apprendre. Charles Langlé avait été
externe au collège ; puis, sitôt que bachelier,
il s'était répandu dans les cours ouverts à la
jeunesse studieuse. Actuellement il continuait
à en suivre plusieurs tout en faisant son droit.

Pour chacun donc, dans la famille, la vie était occupée. On se tromperait pourtant si l'on se représentait, dans l'appartement de la rue Serpente, un intérieur austère et claustral ; de même qu'on n'y sentait point la gêne, — à peine l'économie ! — on n'y connaissait ni le travail fiévreux qui énerve, ni l'ennui.

Entre le déjeuner et le dîner, ces dames sortaient. On sortait plus alors qu'aujourd'hui, parce qu'il fallait aller chercher hors du logis l'air et la lumière. Elles allaient tantôt au Luxembourg, tantôt aux Tuileries, à moins qu'elles ne suivissent les rue populeuses et bordées de boutiques ; qu'elles ne passassent les ponts et n'allassent regarder les modes rue Richelieu, rue Vivienne et sur les grands boulevards, pour se donner des idées, quant à la confection des vitchouras, des pelisses, des chapeaux *à la Paméla*, des coiffures *en nid d'oiseau* ou *à la chinoise*. Elles allaient encore, tel autre jour, entendre une leçon au Collège de France, ou bien à quelque concert quand elles avaient des billets. Il y avait aussi les visites. La famille Langlé avait de nombreuses relations et ces dames aimaient le monde.

Quant il pleuvait, on restait au logis, et c'était alors le moment où madame Langlé et ses filles devenaient d'habiles ouvrières, taillaient, préparaient, essayaient leurs vêtements, qu'elles faisaient ensuite coudre par une ouvrière à la journée.

De trois heures, trois heures et demie à cinq, ces dames étant rentrées, Amélie reprenait son rôle d'institutrice, faisait des gammes, étudiait un morceau ou répétait une romance; madame Langlé se partageait entre un ouvrage d'aiguille et la surveillance du dîner.

Le soir, venaient des visiteurs : d'abord les amis de la maison; puis les camarades de Charles. Tantôt on jouait à l'écarté, tantôt on causait. Les jeunes filles avaient à la main quelque broderie ou quelque tapisserie; mais elles ne travaillaient guère, et bientôt se trouvaient mêlées à la causerie des jeunes gens.

Cette vie était celle de la plupart des familles de la même catégorie sociale que la famille Langlé. C'était la vie normale d'alors pour la moyenne des classes intellectuelles à Paris.

On le voit, elle était aisée, parce que modeste et bien entendue.

Cette entente de la vie, cet art inné de la rendre agréable, est le propre de l'esprit parisien et ce qui le distingue absolument de l'esprit de province. En province, la vie matérielle est l'objet des préoccupations principales des femmes; elle absorbe pour ainsi dire leurs facultés. Faire ses confitures et ses conserves, veiller sur ses lessives, telles sont leurs affaires d'importance. A Paris, les femmes achètent les confitures toutes faites, le sucre tout cassé, s'en remettent, chaque semaine, aux soins d'une blanchisseuse unique pour le blanchissage; elles s'épargnent, autant que possible, les choses qui ennuient et celles qui salissent les mains; elles s'entendent instinctivement à simplifier la vie matérielle; le but qu'elles semblent poursuivre est d'en faire abstraction, pour ainsi dire, de s'en dégager, en évitant de faire chez elles tout ce qui se peut acheter tout fait; en consacrant le moins possible de leur temps aux embarras domestiques.

— Mais alors, diront les matrones de province — qui ont aussi leurs vertus, je n'en disconviens point! — leur maison est mal tenue : elles dépensent un argent fabuleux,

elles laissent tout à l'abandon, elles n'ont
point de linge dans leurs armoires !

Peuh ! elles sont proprettes au contraire,
dérangent peu et ne salissent point ; elles sup-
priment les détails, ce qui est une façon de ne
pas les négliger. Elles ont du linge uniquement
ce qu'il en faut pour l'usage de la maison, et
le renouvellent quand il est usé ; elles ont
enfin leur genre d'économie qui s'adapte aux
mœurs parisiennes comme l'autre aux mœurs
de province.

La situation de M. Langlé, au ministère de
l'instruction publique, le mettait en rapport avec
des professeurs, des lettrés, des poètes ; plusieurs étaient devenus ce qu'on appelle « des
connaissances » ; d'autres, des amis ; des relations de voisinage s'étaient établies aussi, par
suite d'affinités diverses, avec deux des locataires de la maison : le membre de l'Institut
du premier et l'auteur dramatique du second.
Le soir, c'était tantôt l'un, tantôt l'autre qui
montait en rentrant donner des nouvelles, causer
de ceci ou de cela, tout en faisant une partie.

Les dames Langlé étaient aimables, disait-on ;
en tout cas, elles étaient gracieuses, accueil-

lantes, simples et de bonne compagnie. Sans avoir nulle prétention, elles disaient, à propos, dans la conversation ce mot à la fois superficiel et juste qui est le mot des femmes de goût. Aucun des sujets de conversation ne leur était étranger, bien qu'elles ne se mêlassent des discussions qu'autant qu'il fallait pour les maintenir sur le ton demi-sérieux, demi-plaisant qui convient à la causerie.

Charles amenait, de temps en temps, quelques amis; un surtout, avec lequel il était fort lié. Madame Langlé faisait un accueil tout particulièrement cordial aux amis de son fils, et c'était une des raisons, sans doute, pour lesquelles le jeune homme ne songeait point à déserter le logis. Bientôt, Henri Ducrest fut admis plus avant dans l'intimité de la famille; on l'invita quelquefois à dîner et il parut bien, dans la maison, trois ou quatre fois par semaine; mais comme ni à l'école ni ailleurs il ne quittait guère Charles, nul ne songea à interpréter ses visites comme des assiduités auprès de mademoiselle Amélie.

Et si nul n'y pensait, Amélie et lui paraissaient y penser encore moins que personne.

Quand Charles avait présenté Henri à ses parents, il leur avait dit après la première visite :

— C'est le fils d'un avoué de Senlis, pas trop riche et chargé d'enfants. Il a fait de bonnes études au collège ; il est fort intelligent : sa famille compte beaucoup sur lui, et, je crois, n'a pas tort ; enfin, il faut qu'il ait du talent, du succès, et qu'il fasse un mariage riche. Voilà.

— Alors, avait répondu M. Langlé, tout cela est arrangé d'avance ?

— Arrangé. Même son père espère secrètement que, grâce au talent et au mariage, il arrivera un jour à la députation.

— Peste !

— Eh bien ! moi aussi, je le crois ! C'est-à-dire que je crois au talent futur en voyant la verve, l'esprit, l'ardeur d'Henri. Maintenant, quant au mariage, c'est bien loin, bien loin... Pour la députation, c'est encore plus loin. Mais certainement, si mon ami tient ce qu'il promet, ce ne sera pas la capacité qui lui manquera.

En conséquence, dès l'abord, Amélie aurait été avertie que ce n'était point « un parti » pour elle, dans le cas où, parmi les visiteurs de la maison, elle eût cherché les « partis »

possibles. Mais, à vrai dire, l'habitude qu'elle
avait de voir des jeunes gens avec son frère,
l'empêchait d'attacher la moindre importance
à leur présence, plus ou moins fréquente, dans
la maison.

Elle était avenante et cordiale avec tous,
parce qu'elle avait été habituée, dès l'enfance,
par l'exemple de sa mère, aux formes du monde,
et parce qu'elle était naturellement bienveil-
lante ; quand ils lui plaisaient, j'entends quand
elle ne les trouvait ni trop gauches ni trop
pédants, elle causait et riait volontiers avec
eux. C'était tout.

Henri, d'autre part, était trop passionnément
occupé des questions de politique, de littéra-
ture et d'art qui divisaient, en ce temps-là, les
esprits, pour s'intéresser beaucoup aux femmes.
Il avait vingt-deux ans ; et tout en se laissant
aller comme les autres aux liaisons faciles du
quartier latin, il aurait pu assurer sans mentir,
que, jusqu'à ce jour, jamais femme n'avait tenu
de place dans son existence. Quand il allait
dans sa famille, aux vacances, et qu'on lui
montrait le mariage dans les futurs contingents,
il croyait entendre parler de l'Apocalypse. Même

il s'irritait contre cette pensée quand on s'y appesantissait trop.

Heureusement que ladite pensée ne le hantait pas souvent. Que de choses et que de choses encore au devant de cette jeunesse, avant qu'elle ne songeât à « faire une fin ».

Charles et Henri étaient libéraux et classiques. Ils « manifestaient » dans les écoles et montaient des cabales contre les drames de Victor Hugo, en protestant contre la politique rétrograde. Ils portaient des chapeaux gris et discutaient à perte de vue sur la règle des trois unités. Ils avaient enfin leur part de l'exubérance généreuse de 1840 ; ils étaient jeunes, gais, insouciants et passionnés.

Certes, des amis de son frère, Henri était bien celui que préférait Amélie. Peut-être parce qu'elle le voyait plus souvent, peut-être parce qu'elle avait, avec lui, certaines affinités d'esprit, peut-être même parce que n'ayant aucune arrière-pensée à son sujet, elle n'avait non plus aucune gêne et le considérait seulement comme un camarade.

Il en était de même pour Henri. Amélie était la seule femme à la fois jeune, jolie, aimable et intelligente avec laquelle il eût

causé. Dès que se présentait à son esprit l'i-
dée d'une femme qui ne fût pas une grisette,
c'était Amélie qui lui apparaissait. « Si encore
mes sœurs étaient comme la tienne ! » s'écriait-il
un jour en répondant à Charles qui s'étonnait de
le voir retourner, aux vacances, dans sa famille,
sans aucun plaisir. Ce cri disait bien la pensée
du jeune Ducrest, mais il la disait tout entière.

L'intimité des deux jeunes gens dura le
temps de leurs communes études, c'est-à-dire
deux ou trois ans. Puis, un beau jour, tous
deux se trouvèrent licenciés. Charles se fit
inscrire au barreau de Paris pour y faire son
stage ; Henri dut donner congé de sa chambre
d'étudiant, plier bagage, dire adieu aux premières
représentations, aux controverses artistiques et
littéraires, à l'aimable famille dont il était
devenu presque le commensal, et regagner
Senlis, non plus seulement cette fois pour
passer deux mois de vacances, mais pour rentrer dans la maison paternelle, pour faire à la
fois son stage au barreau de sa ville natale
et sa procédure comme clerc de son père. La
vie sérieuse commençait.

III

— Corbleu ! que c'est ennuyeux la vie
sérieuse ! se disait au bout d'un mois Henri,
qui tournait dans le cercle de la vie de province comme un lion dans sa cage au Jardin
des Plantes.

Et de tout ce qu'il voyait et entendait de
tous les usages, de tous les devoirs, de tous
les prétendus plaisirs, il n'y avait rien qui ne
l'impatientât.

Pourtant il s'efforçait de contenir ses impa-
tiences et de dissimuler son mortel ennui. « Il
y a trente ans, pensait-il, que mon père a quitté

comme moi la vie d'étudiant pour venir commencer ici sa carrière. Et il s'y est accoutumé ; et il y a aimé ma mère, et il y a vécu
d'une vie modeste mais douce, à ce qu'il me
semble, puisque je n'ai jamais vu sur son pla-
cide visage une expression douloureuse et
amère. Il se plaît en ce pays, même, car il m'en
a cent fois fait l'éloge; et, de fait, c'est un beau
pays. Mon père n'est pourtant point un de ces
épais et lourds personnages pour lesquels tout
est bien quand le feu flambe clair dans la cheminée, quand les vins vieillissent dans la cave,
quand le dîner est cuit à point et servi à
l'heure. Il aime les choses intellectuelles ; ses
heures les meilleures sont celles où, débar-
rassé des soucis de l'étude, il peut ouvrir un
de ses livres aimés.... Je m'accoutumerai, moi
aussi, sans doute; mais il faut le temps... »

Cependant, en attendant, pour le pauvre garçon tout était souffrance. Il voulut essayer des
plaisirs et des distractions de la province : la
chasse, la pêche, la musique faite en compagnie de quelques amateurs. Il crayonnait ; de
temps en temps il s'en allait dessiner les ruines
des vieux castels des environs : une église, un

pont, une chaumière moussue avec un vieux paysan assis devant: Peuh !

Au milieu d'une partie de chasse, il s'asseyait tout à coup au coin d'un champ, découragé de suivre une perdrix à travers les guérets et se demandant, pourquoi diable, il s'acharnait ainsi après une pauvre bestiole. Au bout d'un moment son imagination l'emportait loin de là. Il se voyait sur les quais de Paris furetant dans les casiers des bouquinistes, à la poursuite d'un autre gibier: quelque livre; quelque brochure curieuse du temps de la Révolution; ou bien, dépistant un exemplaire des pamphlets de Cormenin.

Que s'il écoutait au contraire, dans un salon, un des airs en vogue, plus ou moins défiguré sur la harpe, la guitare ou le piano, aussitôt il était pris d'une immense mélancolie au souvenir d'avoir entendu la Malibran, du parterre des Italiens.

Dessinait-il? son crayon, bientôt, lui tombait des mains; il regardait la campagne, le ciel ou l'eau, en se laissant aller à une rêverie vague.

D'abord il balbutiait quelques vers du *Lac* de Lamartine...; puis, les horizons perdus se rapprochaient; l'azur du ciel se zébrait de nuages et ne lui apparaissait plus que comme un ruban bleu entre deux rangées de maisons hautes et irrégulières; le calme de la nuit se remplissait de bruits multiples et confus. Il était heurté par les passants, entravé par les voitures et aveuglé par les éclairs, rouges et bleus, qui jaillissent des boutiques de pharmacie. Elvire s'évanouissait en fumée, et au lieu du lac immense et tranquille, c'était... vous savez ? — le ruisseau de la rue du Bac !

Pour les femmes, il les trouvait gauches et mal habillées.

Alors il se mit au travail avec acharnement. Il entreprit de débrouiller les procès les plus compliqués ; il étudia furieusement la procédure, s'efforça d'avoir raison de son adversaire et trouva enfin quelque intérêt à cette lutte, sur le terrain des affaires, à cette application des théories du droit aux faits de la vie pratique.

Le résultat fut que les clients de son père gagnèrent les procès qu'il avait entrepris de débrouiller, ce qui fit du bien à l'étude; son père était enchanté. « — Voilà, lui dit-il, un jour, le moment venu de te produire au bar-

reau Tu entends les affaires, on le sait, dans
ma clientèle ; si tu plaides bien, comme j'ai lieu
de l'espérer, te voilà lancé. Et dam ! tu peux
aller loin, très loin... Avec de la tenue, de l'esprit et de la conduite... Ce pays est libéral... Eh !
eh !... que te manque-t-il? un peu de fortune?
Si tu as du talent et qu'on le dise, ça viendra.

L'ambition, on le sait, avait été pour peu
de chose, jusqu'alors, dans les calculs du
jeune homme. Cependant, parce qu'il avait
eu du succès une fois, il en voulut avoir une
seconde ; puis il voulut en avoir toujours. Au
bout du compte, il était plus passionnant pour
lui de poursuivre le gain d'une cause que la
piste d'un lièvre, voire même d'un renard.

Bientôt on parla de lui dans la ville ; on
alla l'entendre quand il plaidait ; on trouva que
c'était un jeune homme de grande espérance.

Sur ces entrefaites, survint un gros procès
entre collatéraux à propos d'un héritage : d'un
côté une veuve pauvre ; de l'autre cinq ou six
cousins riches. Enjeu cinq cent mille francs.

Les cousins riches s'adressèrent à un des
avocats en vogue à Paris. La veuve pauvre
n'osait ; car si elle perdait, — chose probable !

ses adversaires ayant de nombreuses influences,
— si elle perdait ! il n'en faudrait pas moins
payer de forts honoraires. Et où les prendre?

Henri Ducrest se dit que c'était là une partie à tenter. Il eut envie de se mesurer avec
l'avocat célèbre ; il fut séduit par l'idée de gagner
contre lui, et, surtout, par la pensée que sa mère,
ses sœurs et son père seraient si contents !

Il fit donc savoir à la veuve qu'il se char-
gerait volontiers de sa cause et que, s'il avait
le malheur de la perdre, il ne recevrait pas
d'honoraires. La veuve accepta. Henri se jeta
dans son entreprise avec la fougue de la jeunesse et la volonté de réussir. Il travailla nuit
et jour, fouilla les archives de tout le notariat
de la province, plaida avec chaleur, fit valoir
bien des circonstances que son adversaire,
chargé de trop d'affaires, n'avait pas eu le
temps d'approfondir, et finalemeut gagna le
procès en première instance.

Cette fois il n'y eut qu'un cri dans la ville.

Tant que le jeune avocat ne s'était mesuré
que contre des adversaires du barreau de Senlis, on lui avait trouvé de l'avenir. Quand il
eut battu une des illustrations de la capi-

2.

tale, on] vit en lui un jurisconsulte, un ora-
teur, une future illustration pour la contrée. Son éloge fut dans toutes les bouches,
et les clients arrivèrent en foule. Quant au
père Ducrest, il était aux anges.

Cependant les collatéraux en appelèrent.
En appel, comme en première instance, Henri
voulut avoir raison de son rival. C'était une
nouvelle entreprise et plus difficile que la
première, car, piqué au jeu, le redoutable jou-
teur du barreau de Paris avait cette fois donné toute son attention aux détails du procès.
Henri redoubla d'ardeur et de travail, s'arrangea pour se faire bien venir des juges et gagna encore. Ce fut un succès formidable.

La veuve, d'autre part, dans l'exaltation de sa
joie, envoya dix mille francs à son jeune avocat.

Sur quoi Henri, qui avait vraiment fait des
excès de travail depuis deux ans, pensa qu'il
pouvait bien, pour se délasser l'esprit, faire un
petit voyage à Paris, et partit avec un porte-
manteau à la main et cinq cents francs
dans son gousset.

Justement on était aux vacances de Pâques.

IV

Il avait vingt-six ans ; mais il n'en aurait eu
que vingt, il n'eût été qu'un nouveau bachelier au lieu d'être un avocat déjà rompu aux
habiletés du métier, que le cœur ne lui aurait pas battu plus fort dans la poitrine, que
son imagination n'eût pas mieux chanté la
chanson de la jeunesse et de la liberté.

La campagne lui parut belle, surtout quand
il la vit défiler comme en procession, à travers les vitres de la diligence, et le soleil splen-
dide quand il dora le long ruban de la
grand'route fuyant vers l'horizon ; tout un

grand jour il voyagea, par un beau mois
d'avril. Comme l'air sentait bon ! Et le soir,
quand il vit la route se border des laides maisons des faubourgs, et les réverbères s'allu-
mer un à un, quand l'air pur fut remplacé
par la capiteuse odeur de la grande ville, quelle
ivresse !

Au fait, pourquoi ? Il ne l'aurait su dire ;
car s'il avait laissé à Paris quelques amitiés
et quelques bons souvenirs de jeunesse, il ne
devait guère y retrouver que la famille Langlé ; ses camarades d'école avaient, pour la
plupart, repris, comme lui, le chemin de la province. Et, quant à ses amours d'étudiant...
où sont les neiges d'antan ?

Non, ce n'était pas un but fixe ; une certaine
maison, une certaine personne qu'il entrevoyait
au bout de son voyage. C'était ce « je ne sais
quoi » qui est répandu dans l'atmosphère entre
la porte Saint-Denis et le Panthéon, la Made-
leine et la Bastille. Et cette demi-ivresse qui
lui courait dans les veines, ce n'était pas de
l'amour ; mais peut-être en était-ce l'avant-
coureur : le charme.

Il ne descendit point, comme il l'aurait pu

faire, dans un hôtel voisin des boulevards. Tout naturellement, et sans y réfléchir, il s'en alla de l'autre côté de l'eau, rue Saint-Jacques, à son ancien hôtel d'étudiant. Il dîna à son ancienne guinguette. Le lendemain, il courut à l'École de droit, à la Sorbonne, au Collège de France, pour voir si rien n'était changé ; puis, après déjeuner, sous les galeries de l'Odéon ; de là' le long des quais, pour regarder l'eau se fendre à la pointe de la Cité, constater qu'il y avait bien, sur le Pont-Neuf, à la fois un cheval blanc, un prêtre et une femme, comme d'après la tradition cela se doit ; puis fouiller des yeux les boîtes des étalagistes, et des doigts, les cartons des marchands d'estampes qui se tenaient sous l'Institut. Enfin, quand l'heure de faire les visites fut venue, il s'achemina tout doucement vers la rue Serpente.

Amélie elle-même vint lui ouvrir la porte.

— Ah ! c'est vous ! Tiens, quel plaisir ! Maman, M. Henri Ducrest !

Et la figure d'Amélie s'éclaira du plus aimable sourire. Ses dents blanches apparurent entre ses lèvres roses, une lumière éclaira ses yeux noirs.

— Bonjour, cher enfant, ajouta madame Langlé; quel bon vent vous amène? Avez-vous vu
Charles? Est-ce lui qui vous envoie?

— Mais non, madame; je suis venu tout seul
pour revoir un peu mes amis! Quand vous
m'aurez accordé un petit quart d'heure, vous
me direz, j'espère, où il se trouve en ce mo-
ment-ci, et j'irai l'y prendre.

— Oh! dam! où il se trouve... au Palais,
sans doute; ou bien, partout ailleurs. Mais vous
le trouverez ici à l'heure du dîner, et votre
couvert sera mis. M. Langlé aussi sera tout content de vous voir!

— Merci, madame, j'accepte; et puisque
vous avez gardé si cordial souvenir à votre
ami, il faut que je vous donne de mes nouvelles.
Tel que vous me voyez, mesdames, je ne suis
pas un mince personnage. Je suis un avocat,
très bien avocassant, et gagnant, comme on dit
chez nous, « des mille et des cent »!

— Pas possible? s'écria d'un petit air mutin
Amélie, qui avait repris sa broderie et qui, cette
fois, la rejeta définitivement sur le guéridon.

— Voyez-vous ça, l'impertinente? dit madame
Langlé.

— Oui, mademoiselle, c'est possible, très possible et même c'est certain ; je suis célèbre — dans mon arrondissement ; — j'ai gagné deux ou trois procès, dont un gros, contre un des principaux avocats de Paris, et ma cliente — car c'est une femme, une veuve — sans orphelins par exemple ! ma cliente, ravie du succès, m'a octroyé dix mille francs ! Dix mille francs ! vous avez bien entendu, sur les cinq cent mille que je lui ai sauvés. En sorte que je me suis voté une récompense à moi-même : un petit voyage à Paris pour me reposer, voir mes amis, et reprendre des forces pour voler à de nouveaux succès.

— Peste ! Eh ! bien, c'est Charles qui va être content ; lui qui nous a toujours tant parlé de votre talent !

— Charles aura son tour, madame, et même l'aurait eu déjà s'il n'était, lui, dans ce grand Paris où il faut au mérite si longtemps pour se faire connaître.

— Oh ! Charles n'a pas assez de fortune pour attendre à Paris la réputation et le succès. Il va entrer dans la magistrature.

— Alors nous nous trouverons peut-être un

jour en face l'un de l'autre : lui requérant pour la société outragée ; moi, plaidant pour sauver quelque pauvre diable de délinquant.

— Sur ce, qu'allez-vous faire à Paris, riche comme vous voilà ? demanda mademoiselle Langlé ; beaucoup de folies peut-être ?

— Au fait ! qu'est-ce que je vais faire ?.. Eh bien ! ma parole d'honneur, mademoiselle, je n'y ai pas encore pensé. Que ferai-je bien ? J'irai au spectacle avec Charles ; au Palais entendre plaider ; à la Chambre écouter les orateurs et voir le jeu de la politique... çà et là, où sera l'intérêt du jour ; passer quelques heures avec mes anciens camarades, — voir les musées..., et, si madame votre mère veut bien me le permettre, je viendrai, comme autrefois, souvent ici.

— Ce sera aimable de votre part, répondit madame Langlé. Vous savez combien nous aimons à recevoir les amis de Charles, en général, — et vous en particulier.

C'était à la fois conserver à Henri son droit d'entrée dans la maison et lui en indiquer l'origine, lui ouvrir la porte grande et lui rappeler à quel titre.

Car, pour la première fois, cette pensée, rapide

comme l'éclair, venait de traverser l'esprit de
madame Langlé : « Ce jeune homme aurait-il
conservé un souvenir à Amélie? penserait-il à
elle? Cette première visite, après un succès, peut
avoir un sens auquel je dois prendre garde. »

Et, en mère prudente, elle voulait bien accueil-
lir Henri, qui lui eût agréé pour gendre, mais
cependant le maintenir, jusqu'à éclaircissement,
dans la situation d'ami de son fils et rien de plus.

Comme s'il avait saisi cette pensée au passage, le jeune homme ajouta :

— Alors, j'abuserai de la permission, madame;
car je n'ai, après tout, qu'une quinzaine à passer
à Paris !

— Eh bien ! à ce soir pour commencer. Vous
trouverez Charles, je suppose, vers les quatre
heures, à l'étude de Me X..., chez lequel il est
second clerc.

Henri comprit que c'était lui donner congé
pour le moment.

Dès qu'il fut parti, Amélie se mit au piano,
et joua d'affilée toutes les gammes du réper-
toire; puis elle appela sa sœur pour lui faire
recommencer la série. Madame Langlé, d'autre
part, songeant que, peut-être, avec un convive

de plus, le dîner serait court, appela sa femme
de ménage et lui donna l'ordre d'aller commander une tourte chez le pâtissier.

— Maman, dit Amélie, qui avait entendu
l'ordre à travers les gammes de sa sœur : si tu
faisais aussi commander des huîtres ?

— Ah ! bah !.. les petits pots dans les grands,
alors? Mais, va pour les huîtres ! si tu veux.

Amélie se sentait toute gaie et toute contente.
Pourquoi? Mais tout simplement parce qu'il
faisait beau ; qu'elle avait chiffonné le matin un
chapeau qui lui seyait bien ; que la visite
inattendue d'Henri Ducrest et ses succès lui
avaient été agréables. Et puis, qui sait? A certains jours dans la jeunesse, il semble que l'a-
louette vous chante aux oreilles sa chanson
printanière. Elle était gaie enfin, et fut charmante à dîner, puis le soir.

— Puisque fête il y a, faisons la fête complète, avait dit en rentrant M. Langlé ; et on
avait envoyé chercher les voisins du second et
du premier pour prendre le thé. Ce thé se trouva
un punch et l'on but à la fortune future du
jeune avocat qui : — « si bien avocassant, gagnait des mille et des cent ».

V

Pendan les quinze jours de vacances qu'il
s'était octroyés, Henri Ducrest ne quitta pas
son ami ; c'était tout simple : leurs relations
étaient communes, leurs goûts pareils, ils
avaient l'âge de ces amitiés tendres et exaltées
qui ressemblent à de l'amour. Bien des fois,
après une conversation sincère, intime, profonde, comme on en a vers ce temps de la
vie où la pensée est dans toute son efflorescence et où le cœur bat encore tout chaud,
bien des fois ils s'étaient promis une éternelle
fraternité.

Et en attendant qu'au besoin, dans les luttes de l'avenir, ils se fissent la courte échelle, et se missent au service l'un de l'autre, ils mettaient en commun tous leurs plaisirs.

Plus amateurs tous deux des choses de l'esprit que des petites débauches de jeunesse, ils ne jetèrent pas beaucoup de leurs heures, ni de leur argent, aux parties fines du quartier Latin. Ils seraient même revenus presque tous les soirs, de bon cœur, rue Serpente, n'était qu'Henri n'osait abuser de l'hospitalité de la famille Langlé; et puis il y avait le théâtre! Le théâtre, cette joie de l'esprit, dont Henri se lassait d'autant moins qu'il devait en être bientôt privé. Il y menait Charles presque tous les soirs où on n'y allait pas en famille; car M. et madame Langlé avaient assez souvent des loges, soit par leur ami et voisin l'auteur dramatique, soit par divers hommes de lettres avec lesquels la situation de M. Langlé le mettait en rapport.

Ces jours-là, mademoiselle Amélie était transportée: elle adorait le spectacle, comme toutes les Parisiennes. On dînait un peu plus tôt pour aller à pied, soit aux Français, soit

au Gymnase, soit à l'Opéra-Comique, soit
même à l'Opéra ou aux Italiens.

Il fallait la voir, brillante de jeunesse, de
plaisir et parée de ses plus beaux atours !

Allait-on aux Français ou au Gymnase ?
Elle avait une petite robe de soie grise, à
mille raies, bien simple mais bien faite, une
pèlerine « à la neige », bien mousseuse et
bien blanche ; un chapeau de crêpe rose qui ser-
tissait à ravir ses bandeaux bruns, son teint
blanc et ses yeux noirs. A l'Opéra ? aux Italiens ? une robe de mousseline blanche, une
ceinture de couleur, un velours noir au cou
et dans les cheveux, un nœud ou une fleur
s'assortissant à sa ceinture.

En arrivant pour dîner, les jeunes gens la
trouvaient prête toujours, et disposant sur le
guéridon du salon, pour n'avoir plus qu'à les
prendre, ses gants, son éventail, sa lorgnette,
son bouquet quand elle en avait un ; et, à côté,
sa pelisse de soie brune qui devait l'envelop-
per tout entière et cacher sa toilette aux
passants, en même temps que la préserver des
avaries.

On dînait vite ; d'abord Amélie n'avait pas

faim et les jeunes gens non plus. D'ailleurs,
en sortant du théâtre, ne pouvait-on pas manger un petit gâteau chez le pâtissier?

Puis, plus vite encore on partait; madame
Langlé, vêtue d'une robe de soie feuille morte
mais toujours coiffée d'un chapeau élégant;
Amélie, sa jupe retroussée avec des épingles
sur un joli jupon brodé, roulée dans sa pelisse, cachée par un capuchon de dentelle
noire.

Et prestement on enfilait la rue Serpente.
ces dames prenant le haut du pavé et trouvant moyen de traverser les ruisseaux sans
mettre une mouche de crotte à leurs bas à
jour, ni même à leurs souliers de prunelle.

En ce temps-là il n'y avait pas de gaz; mais
les magasins étaient ouverts jusqu'à minuit, et
c'était bien l'un des principaux charmes de
l'ancien Paris. Une course du soir, alors, au
lieu d'être une corvée, devenait une fête. Que
de monde, flânant le long des devantures et
regardant les estampes, les livres nouveaux,
les étoffes, les mille créations des modistes et
des bimbelotiers! Les gens n'étaient point
affairés et enveloppés jusqu'au nez dans les col-

lets de leurs habits ; les rues n'étaient pa
noires dès dix heures. Tout en cheminant, on
jetait un coup d'œil çà et là, et on rencontrait,
au passage, une remarque ou une plaisanterie.

Donc, quand on n'était pas pressé, qu'on ne
tenait pas à voir le lever du rideau et qu'il faisait
beau temps, on s'attardait un peu le long du
chemin dans les beaux quartiers. Faisait-il hu-
mide ou froid, au contraire, ou bien n'avait-on
que bien juste le temps de franchir la distance,
on coupait par le plus court. Et, en tous cas,
en arrivant au théâtre, on trouvait sa toilette
fraîche après avoir en un clin d'œil jeté sa
pelisse à l'ouvreuse.

Un soir, une loge vint tard ; elle était
inattendue ; il s'agissait d'une « première » !

La famille se mettait à table ; ces dames
n'étaient point habillées. Pour arriver à temps,
il fallait d'abord laisser là le dîner et ensuite
prendre une voiture, ce que l'on fit sans
hésiter, voire même sans délibérer. On n'en
dévora que mieux la pièce, qui était un gros
mélodrame bien noir. Mais au cinquième acte,
quand on vit clairement que l'innocence allait
être reconnue et le crime puni :

— Sacredié ! que j'ai faim ! s'écria Charles.

— Et moi donc ! reprit Amélie.

— Je crois bien que nous avons tous faim, ajouta M. Langlé, en riant: l'émotion creuse l'appétit.

— Nous trouverons le dîner à la maison, dit madame Langlé: il y a du bœuf bouilli, un poulet, de la salade...

— Tout cela est très bon froid, ma chère ; et ma foi ! en rentrant, je suis d'avis que nous y fassions honneur.

— Et gare à ma fourchette ! s'écria Charles.

— Tu laisseras pourtant quelque chose pour celle de ton ami, je suppose? car il est bien entendu que nous l'emmenons ; il n'a pas dîné plus que nous.

— Monsieur, j'abuserais de votre hospitalité.

— Abusez toujours. J'aurais mauvaise opinion de vous, Henri, si vous nous quittiez pour aller au restaurant ; que diable ! on ne peut pas se coucher sans souper !

Il faisait une nuit claire et un peu froide.

— Nous nous en allons à pied, n'est-ce pas, pour gagner encore un peu d'appétit, dit madame Langlé.

Ainsi fut fait. Chemin faisant, Charles, s'é-
lançant par les derniers volets des boutiques
qu'on fermait, acheta un jambonneau et une
tarte.

Ah ! comme on mangea de bon appétit, rue
Serpente, au troisième, entre une heure et
deux du matin !

Dès en arrivant, Amélie avait relevé ses man-
chettes, attaché un tablier blanc devant sa jolie
robe grise et fureté dans les armoires, tandis
que madame Langlé mettait le couvert et que
Charles descendait à la cave.

— Ne faisons pas de bruit de peur d'éveiller
les voisins, avait dit M. Lan_'é.

Et voilà que tout précisémen _on avait de
folles envies de rire en cherchant les cornichons qui ne se trouvaient point ; en se res-
souvenant des situations terribles du mélodrame
où cependant Amélie avait pleuré ; et voilà
qu'on heurtait les assiettes, en attrapant les
verres, et qu'un coquetier intempestif dégringo-
lait du haut en bas de l'armoire en suivant le
bocal des cornichons. Le moyen d'étouffer les
envies de rire !

Cependant les jours s'écoulaient et ce bon

temps de vacances, qu'Henri s'était donné, courait d'un train d'enfer.

— Déjà ! déjà douze jours que je suis à Paris ! s'écria-t-il un soir, et mon père m'écrit que les dossiers s'amoncèlent sur mon bureau. Ce que c'est que d'être devenu un avocat, et un avocat d'affaires encore ! Mais comment cela est-il arrivé ? Dieu me pardonne si j'en sais rien !

— Et tu vas te remettre d'arrache-pied à la besogne ? répondit Charles.

— Heureusement ! sans quoi je ne sais comment je vivrais à Senlis.

— Tu n'aimes pas la province, décidément.

— Oh !..

— Avec ton talent, tu pourrais bien te faire une place au barreau de Paris.

— Mon ami, ne me tente pas avec ces illusions... Là-bas, ma place est déjà faite... et puis c'est le pays, le siège de la famille ; mon père, ma mère et mes sœurs y ont rêvé pour moi un avenir... Je n'ai pas de fortune d'ailleurs pour tenter de m'établir à Paris, et d'y attendre un nom et une clientèle.

— Alors, nous allons nous quitter pour longtemps ?

— Pour jusqu'aux vacances; car il est bien entendu que tu viens ouvrir la chasse et passer un mois dans ma famille. Ah! mon ami, quelle différence avec la tienne!.. La vie de province, ajouta-t-il en se reprenant, est si opposée de celle de Paris! tu verras! et peut-être que cela te plaira. Mon Dieu! cela dépend des goûts, des idées, des rêves... Car une vieille maison à soi, un grand jardin, et, à quelques portées de fusil de la ville, une bonne métairie au bord de la rivière, cela peut avoir son charme.

— Je le crois bien! La campagne... Oh! moi j'adore la campagne et il me semble que je ne m'y ennuierais jamais.

— Oui... à Robinson par exemple.

— Qu'est-ce que c'est que Robinson, demanda mademoiselle Langlé.

— Mademoiselle, c'est ravissant; surtout en ce moment, tenez! on part à midi; on revient le soir, on dîne dans un arbre...

— Dans un arbre?

— Dans un arbre; un arbre énorme qui se trouve dans les bois d'Aulnay, chers à Chateaubriand. Un industriel a eu l'idée d'accrocher un chalet comme un nid dans sa ramure im-

mense. Après une promenade dans les bois, on
vient manger une omelette, une gibelotte, une
salade. Et quand on a bien faim, quelquefois
on trouve ça bon. Par exemple, Charles, chez
moi, je te l'annonce, la cuisine est vraiment
meilleure !

— Père ! il faudra quelqu'un de ces dimanches
que tu nous mènes à Robinson, dit Amélie.

— Je crois que Robinson est surtout fré-
quenté par les jeunes gens, répondit M. Langlé.

— Mais non, mon père ! Certes, les sociétés
qui s'y succèdent sont un peu diverses. Cependant, pour une fois, vous y pouvez avec moi
conduire sans inconvénient ma mère et mes
sœurs.

Pourquoi Henri, qui n'aimait point la campagne, eut-il soudain une envie démesurée d'aller à Robinson avant son départ et avec la
famille Langlé ?

Certainement il n'aimait point la campagne
aux environs de Senlis. Non ! il ne se trouvait
pas bien dans le bois de son voisin M. un tel ;
il n'admirait pas la nature chez son métayer.
Mais il lui sembla que dans les bois d'Aulnay
cette tendre verdure de mai devait avoir un

charme inexprimable, et que dans le chalet de Robinson il trouverait excellente cette chose atroce qu'on appelle une gibelotte.

Alors que n'y allait-il seul ou avec quelques amis et des grisettes?

— Ah! pouah!

Les jeunes gens firent tant qu'ils enlevèrent M. et madame Langlé, et, le surlendemain, qui était un dimanche, on s'en alla, de compagnie, faire cette partie risquée.

M. Langlé, comme sa femme, voyait Henri d'un œil bienveillant. Certes! si les positions respectives des familles l'eussent permis, il l'eût bien volontiers accepté pour gendre. Mais il savait que la famille du jeune avocat aspirait pour lui à un mariage riche; il comprenait que les succès qui venaient de le mettre en lumière devaient aider à ses projets, et pour rien au monde il n'aurait voulu avoir l'air de capter le jeune homme pour en faire le mari de sa fille. Encore moins, eût-il voulu laisser naître, dans le cœur de celle-ci, un sentiment qui pourrait être déçu. Il était donc assez embarrassé à l'égard d'Henri Ducrest.

Ne pas lui continuer un accueil affectueux,

le tenir à distance, c'était le repousser peut-
être ; et M. Langlé ne voulait pas plus le
repousser que l'attirer.

Aussi avait-il volontiers fait fête à l'ami de
son fils pendant cette quinzaine, et le voyait-
il, d'autre part, avec soulagement, reprendre
le chemin de sa province : il emporterait un
souvenir et n'aurait pas donné le temps, à l'en-
tourage, d'interpréter ses assiduités, à Amélie
d'ouvrir son cœur.

Ce fut encore un beau jour que celui de la
promenade dans les bois d'Aulnay par le doux
soleil des premiers jours de mai. L'air sentait
bon ; il y avait des fleurs dans l'herbe ; les
arbres, sans être touffus encore, jetaient cette
verdure tendre qui fleurit si bien leurs rameaux
noirs. Dans les yeux d'Amélie, dans son rire
clair il y avait d'ailleurs un si vif contentement que tout alentour semblait chanter la
chanson du bonheur.

— Je n'ai jamais senti la nature et la campagne comme à Paris, se disait Henri, gagné
par une sorte de magnétisme à toute cette joie,
et ouvrant son cœur au plaisir, ses poumons à
l'air pur.

Madame Langlé trouvait que ce jour-là il faisait bon vivre ; et M. Langlé se réjouissait du plaisir des siens et comtemplait avec orgueil sa fille. « Qu'elle est jolie ! » se disait-il.

Charles aussi jouissait de la campagne et buvait à longs traits le bon air printanier. De temps en temps il regardait sa sœur, son ami, puis cette fugitive pensée lui traversait le cerveau : « Comme cela ferait un joli couple et comme nous ferions bien une seule famille Quel dommage que ma sœur n'ait pas de dot... ou qu'Henri ne soit pas assez riche pour s'en passer ! »

Au retour, Henri fit ses adieux à la famille Langlé. Il partait le lendemain.

Ces adieux furent pour Amélie comme un crêpe noir jeté sur une gerbe de fleurs. Elle les attendait cependant. N'importe !

VI

Quant à Henri, tout en roulant vers sa
ville natale, il tâchait, comme on dit, de se
« faire une raison » ; à Senlis il était né ; à
Senlis il avait son alvéole sociale ; à Senlis
il était quelque chose déjà ; à Paris, rien !
Par Senlis, dans dix ans, il pouvait être député, et alors se trouver « quelqu'un » même à
Paris.

Pas d'enfantillage ! il fallait se remettre à la
besogne de bon cœur, établir de plus en plus
sa réputation, étendre sa clientèle, gagner de
l'argent, et plus tard, quand il serait un no-

table dans le pays, quand il serait marié, viser un collège électoral.

« Marié ! » Serait-il donc vraiment un jour « marié ! » Tous les hommes se marient cependant quand vient la trentaine, beaucoup avant. On n'est vraiment un citoyen qu'après avoir fondé une famille...

Mais pourquoi encore, quand Henri pensa au mariage, se retrouva-t-il tout d'un coup à Paris, et au troisième étage de la rue Serpente ? Ah ! elle était charmante, mademoiselle Langlé ; et certes, si on lui eût offert une femme comme cela, il aurait volontiers accepté le mariage... Mais sa destinée le vouait à épouser une fille de province.... une demoiselle de Senlis, sans doute. Et rien que d'y penser, il éprouvait le besoin de bien vite oublier ce futur contingent.

Cependant, pour toute famille prévoyante et sage, comme était la famille Ducrest, c'était le moment d'établir l'héritier. Il fallait profiter de son éclatant début.

Aussi, pendant le voyage d'Henri, M. Ducrest père n'avait-il pas perdu son temps.

Dès l'origine, on le sait, il avait toujours

compté sur un mariage riche pour mettre son
fils en situation de parvenir à tout ; mais il
n'avait pas visé plus haut que la moyenne
des bonnes héritières bien apparentées. Après
le gain du procès, il n'hésita pas à lever les
yeux sur le plus riche parti de la ville.

M. Ducrest le père était un homme de
soixante ans, qui avait travaillé toute sa vie et
n'avait point amassé de bien ; ce n'était pas
qu'il manquât de l'intelligence moyenne qui
devait suffire à l'exploitation de sa carrière,
mais il n'était ni l'avoué retors et âpre au gain
qui sait émouvoir des procès et les faire suer tout
ce qu'ils peuvent rendre, ni l'homme d'affaires
entreprenant qui sait risquer un enjeu, pour
tenter la fortune. C'était le bourgeois de province, honnête, médiocre, timoré. Il avait fait
consciencieusement son métier tant au profit
de ses clients qu'au sien propre ; et s'il avait
peu gagné, au moins n'avait-il rien perdu.

S'il eût conduit à mal un client, sa conscience
lui aurait fait d'amers reproches ; et si lui-même
s'était engagé dans une affaire malheureuse, il
ne se le serait pas pardonné. Perdre ! à ses
yeux, pour un père de famille, c'était plus

qu'un malheur, c'était une faute ; presque un crime.

Et non seulement il n'avait rien perdu ; mais il avait élevé, à grands frais et sans y rien ménager, un fils intelligent, bien venu, arrivé jeune au talent, et qui allait maintenant rendre à la famille ce qu'il avait coûté. Aussi M. Ducrest était-il en somme content de lui, et pensait-il, en conscience, avoir bien rempli sa vie. Il avait été le semeur ; le grain germait, la moisson allait venir.

A peine Henri eut-il repris possession de son cabinet, que M. Ducrest entra en matière :

— Mon cher fils, lui dit-il, tu m'as rendu bien heureux par ton travail, ton talent et tes succès, et j'ai pensé que tu valais une fortune. Tu vas avoir vingt-six ans. C'est l'âge du mariage, pour un homme qui veut parvenir jeune.

— Déjà ? mon père.

— Oui, déjà. Te trouverais-tu trop jeune pour manier quelque trente mille livres de rente.

Henri sursauta.

— Mais, mon père...

— C'est que, mon ami, tu peux y prétendre. Tu connais mademoiselle Adélaïde Frossard, tu l'as vue dans le monde, n'est-ce pas? pas belle, pas laide, orpheline, et six cent mille francs de dot. Tu ne déplais pas, et, si tu veux...

Henri demeurait abasourdi.

Six cent mille francs ! Certes ce chiffre avait une éloquence prestigieuse. — Mademoiselle Adélaïde Frossard? il ne s'en souvenait pas bien ; il l'avait vue, mais il ne l'avait pas regardée. Cependant le mariage, comme cela, tout de suite, à brûle-pourpoint...

— Mon père, je vous demande à réfléchir, répondit-il.

— Réfléchis, mon ami ! Justement c'est ce que j'allais te recommander de faire. Mais, tout en réfléchissant, ne néglige pas de faire un brin de cour. Tu sais que mademoiselle Adélaïde Frossard va sur la promenade presque tous les jours, de cinq à six, avec sa tante : les jeudis soirs chez le maire, les dimanches chez le sous-préfet.

— Non, mon père, je ne le savais pas du tout.

— Enfin, tu es averti maintenant. Je me suis assuré du terrain ; à toi de t'y aventurer avec prudence.

Henri, précisément parce qu'il avait quitté Paris à regret, presque avec déchirement, s'était fait, pour réagir, tous les raisonnements les plus raisonnables du monde. Il voulut essayer d'entrer dans les vues de son père. Il fit un tour de promenade de cinq à six pour voir mademoiselle Adélaïde le jour, et alla le jeudi chez le maire pour la voir le soir.

Mon Dieu ! personnellement mademoiselle Adélaïde était peut-être moins laide que bien des héritières, elle avait les cheveux d'un blond un peu fade et le fond du teint rouge ; des yeux gris ; mais les traits assez réguliers. Elle était sans grâce, mais sans défauts saillants : de grands pieds et de grosses mains, par exemple ! Elle était habillée par une bonne couturière et jouait du piano.

Henri la regarda et l'étudia. Au demeurant, il n'avait pas d'objections. De mademoiselle Adélaïde ses yeux allaient aux autres jeunes personnes de la ville, et il trouvait qu'elle les valait bien. Seulement, en les regardant toutes,

il lui sembla que jamais, jamais cette idée de
contracter mariage à Senlis ne lui fût venue
toute seule, eût-il dû y rester vingt ans.

Et, en rentrant chez lui, il avait au cœur
une mélancolie profonde et douloureuse. D'habitude, le soir, vers onze heures, il se mettait
à son bureau et examinait ses dossiers : ce
soir-là il ne put même pas les ouvrir ; il demeura devant les cahiers de papier timbré, la
tête lourde, les yeux fixes, regardant les choses
sans les voir et laissant brûler sa lampe. Deux
larmes, qui roulèrent de ses yeux sur ses mains,
le rappelèrent au sentiment de la réalité. Une
heure sonnait ; il se coucha en murmurant :

— C'est donc pour cela que l'on vient au
monde !

Le lendemain ne le trouva pas plus gai. La
fièvre de travail qu'il avait eue précédemment
ne revint pas. Même une sorte de décourage-
ment s'empara de lui. A quoi bon travailler,
s'acharner à la poursuite d'une victoire dont
le couronnement devait être un mariage froid ?
Oui, mais il serait riche...—Riche ? achèterait-il
le bonheur ? Il serait député, il aurait la carrière de la vie publique ouverte devant lui ;

— Peut-être ?.. Et s'il ne l'était pas ? S'il lui fallait végéter à Senlis, comme son père, avec
un peu plus d'aisance et voilà tout !

Les jours se succédaient ; sans paraître
assidu auprès de mademoiselle Adélaïde Frossard, il faisait en sorte de la voir souvent,
pour tâcher de s'accoutumer à l'idée que son père
avait conçue. Mais plus il la voyait, plus cette
conviction s'installait en lui que, jamais, elle ne
lui inspirerait que la plus profonde indifférence,
et toutes ces demoiselles de Senlis également.

Et chaque fois qu'il pensait au mariage, à
la vie intime et commune avec une femme, la
figure d'Amélie lui apparaissait plus charmante. Soit qu'il la vît femme d'intérieur, donnant ses soins à toutes choses sans avoir l'air de
les effleurer ; soit qu'il la vît femme du monde
accorte et gracieuse toujours, avec une con-
venance parfaite et un tact exquis ; soit qu'il
la vît compagne sérieuse, instruite, intelligente, aimante, à la hauteur de toutes les
situations, tantôt l'amie de son mari, tantôt
presque sa maîtresse :

« Et quelle mère de famille ? se disait-il encore en se souvenant de l'avoir vue transmettant

à sa sœur son instruction et ses talents. Oui,
c'est une créature adorable, un trésor ! ».

Jamais il n'avait tant pensé à mademoiselle
Langlé que maintenant, depuis que les idées de
mariage, éveillées par son père, le hantaient.
Jusqu'alors, Amélie lui était apparue, seulement,
comme l'aimable sœur de son meilleur ami :
désormais elle devint pour lui un type auquel
il comparait les autres femmes, et bientôt le
type de la femme : la femme unique.

— Mais je l'aime ! se dit-il un jour : et comme
sans le savoir, il y a longtemps que je l'aime !

Oui, je l'aime depuis que je l'ai vue,
depuis que je la connais ; et c'est parce que
cet amour était en moi que jamais il ne m'en
était venu d'autre.

Et d'abord il enferma cette découverte dans
son cœur comme en un sanctuaire ; et il se
donna des joies délicieuses en se remémorant
les circonstances de leur première connaissance, les bonnes soirées qu'il avait passées dans
la famille Langlé, alors qu'il était étudiant ;
puis toutes celles de son dernier voyage, qui
s'éclairèrent d'un jour resplendissant et
devinrent autant de fêtes.

Ce fut comme une explosion dans son cœur. Puis, à peine il fut heureux de son amour qu'une angoisse le prit : « Mais serai-je aimé, moi? et tandis que je suis ici, à fréquenter les salons où se produit mademoiselle Adélaïde Frossard, d'autres jeunes gens, d'autres amis de Charles ne voient-ils pas sa sœur comme je l'ai vue? ne l'aiment-ils pas? N'en est-il point quelqu'un qui se fasse aimer? grands dieux! »

Alors le besoin de courir à Paris, de se faire aimer lui, le prenait comme une sorte de fièvre. Il tremblait d'arriver trop tard, d'être refusé; car si Amélie n'avait pas de dot, lui non plus n'avait point de fortune; et il habitait la province, l'insipide province! Ne trouverait-elle pas toujours à Paris un parti qui le vaudrait? Quelle belle perspective pour cette jeune fille, de venir s'établir ménagère à Senlis!

Cependant, après avoir laissé courir son imagination vers ces entraînements, il pensait aussi à son père et à sa famille, et il reconnaissait bien qu'un mariage avec Amélie n'était pas raisonnable, et qu'il ne serait pas accepté volontiers.

Quels châteaux en Espagne il allait renverser!

Le pauvre garçon fit de vains efforts pour
vaincre son amour, pour plier son cœur aux
nécessités de la vie; mais il ne pouvait domp-
ter sa passion. Non, jamais il n'arriverait à
aimer une autre femme; jamais à vivre enfermé
dans le mariage comme dans une prison. Il lui
fallait l'épouse aimée; ou bien plus de travail,
plus d'ambition, plus de talent, et un amer
dégoût de la vie.

Tout ce qu'il pouvait faire, c'était de se contenir encore, de rester à Senlis, de n'écrire ni
à M. Langlé, ni à Charles, quand chaque jour
qui s'écoulait augmentait ses inquiétudes et sa
jalousie.

VII

Quand, au bout de quelques semaines, M. Du-crest lui demanda où il en était avec mademoi-selle Adélaïde Frossard :

— Mon père, répondit-il, excusez-moi ; mais je ne l'épouserai jamais.

— Elle t'a repoussé ? s'écria l'avoué avec un haut-le-corps.

— Non, mon père ; c'est moi qui sens que je ne pourrais être son mari honnêtement ; car — autant vous le déclarer tout de suite avec franchise, — j'aime une autre personne... et je l'aime invinciblement.

L'avoué était devenu pâle. Jusqu'alors ce fils

ne lui avait donné que de la joie ; et à l'heure décisive, au moment où, par le mariage si longtemps rêvé et convoité, il allait pouvoir devenir le soutien de toute la famille, ce fils lui manquait.

— C'est quelque personne de la ville ? demanda l'avoué.

— Non, c'est une jeune fille de Paris.

— Quelque actrice, quelque lorette, quelque coquine !

— Ah ! mon père ! je n'aurais pas osé vous avouer un amour indigne. Celle que j'aime est la sœur de mon meilleur ami ; la fille d'un homme respectable et considéré ; elle a toutes les vertus comme tous les charmes et vous plairait assurément ainsi qu'à ma mère. Seulement, elle n'a pas de fortune.

— Alors c'est encore pis que je ne croyais : car un amour indigne, on le chasse quand on est un homme...

— Oui, mon père ; tandis qu'un amour fondé sur l'estime autant que sur la sympathie, un amour né lentement et depuis longtemps installé dans le cœur, on ne le chasse point ! J'ai essayé pourtant, comprenant combien

cet amour dérangeait vos projets, vos sages
projets. Je n'ai pas pu.

— On t'a entortillé dans la famille, pardieu !
Il fallait un mari pour cette Parisienne sans
dot ; on a englué le provincial.

— Vous ne connaissez pas la famille Langlé ;
je ne saurais donc vous en vouloir ; mais quand
vous la connaîtrez...

— Jamais !

— Vous connaîtrez au moins bientôt un de
ses membres, mon ami Charles, qui doit venir
passer un mois chez nous pendant les vacances.

— Comment ? Mais non ! je ne veux pas le voir,
je ne l'ai pas invité et je...

— C'est moi qui l'ai invité. Pendant les deux
dernières années de mon séjour à Paris, j'ai
été reçu dans sa famille ; lors de mon récent
voyage, j'en suis devenu le commensal presque
quotidien, et j'ai cru pouvoir et même j'ai cru
devoir l'inviter à mon tour.

— Dans des circonstances ordinaires, sans
doute ! mais dans les circonstances actuelles,
non pas. Tu dois comprendre qu'il ne faut pas
resserrer vos liens, mais les distendre au contraire. Et puis quelle position vais-je avoir,

4.

moi, auprès de ce jeune homme ? Je devrais
lui faire bon accueil. Et il me sera impossible
de lui tendre la main cordialement.

— Comment ? Pourquoi ? Charles ne sait
rien de mon amour pour sa sœur.

— Ah !... alors, c'est entre vous deux... la
jeune fille et toi, qu'il y a promesse de mariage !
Encore mieux ! Je ne l'accepterai pas pour bru,
tu sais ! ta Parisienne effrontée !

— Écoutez-moi, mon père, et ne vous empor-
tez pas ; vous pourriez regretter quelques-unes
de vos paroles ! Entre un homme comme vous
et... un fils comme moi, les explications doivent être aussi dignes que nettes. J'ai un regret
mortel, croyez-le bien, de briser ainsi vos espérances, et j'ai résisté tant que j'ai pu.

— C'est me dire que ta décision est irrévo-
cable ?

— C'est vous dire que je parle sérieusement
d'un sentiment profond que j'ai examiné et dis-
cuté avec moi-même. Maintenant laissez-moi
ajouter que mademoiselle Langlé ne connaît pas
plus que son frère, pas plus que son père, ni
sa mère, l'état de mon cœur. J'ignore même
si je serais accepté.

— Mais alors s'écria M. Ducrest, soulagé d'une véritable angoisse, rien n'est perdu encore ! Tu peux renoncer à ce fol amour... continuer à voir mademoiselle Frossard et...

— C'est en essayant d'aimer mademoiselle Frossard que j'ai découvert ce que j'avais dans le cœur. C'est lorsque j'ai pensé au mariage que j'ai compris que, pour moi, il n'y avait, au monde, qu'une seule femme.

— Allons donc !

— Oui ; je vous le jure ! j'avais été avec plaisir, avec un plaisir vif, dans la maison Langlé. Cette famille m'était sympathique. Pour moi, Charles était un frère ; mais jusqu'à ce jour jamais je ne m'étais dit qu'il pourrait être mon beau-frère. C'est tout à coup que cet amour inconscient, qui était en moi, s'est révélé ; et je me suis aperçu en même temps de son existence et de sa profondeur.

— Tu m'étonnes ; mais crois-moi, c'est que tu n'as, jusqu'à ce jour, jamais été amoureux.

— C'est vrai.

— Tu verras d'autres femmes. Tu verras qu'il n'en est pas qu'une seule au monde ! Tu verras en même temps qu'épouser une femme

sans fortune, ce serait te mettre une pierre au
cou et nous précipiter tous, avec toi, dans l'a-
bîme.

— Oh ! avec du travail, du courage, de la
volonté...

— Quoi ? tu vivras... peut-être ! et avec une
Parisienne, savoir ?... Mais tu n'ignores pas que
c'est la seule chose que j'aie pu faire, moi, avec
mon étude, parce que j'ai épousé une femme
comme moi, sans fortune, et qu'il m'a fallu,
tout le long de mon existence, me préoccuper
de joindre les deux bouts. J'ai élevé mes trois
enfants... et maintenant, c'est tout. Tes sœurs
n'ont pas de dot et ta mère et moi resterons
avec une bien modique rente : juste de quoi
vieillir dans la médiocrité. Et j'avais épousé une
fille du pays, une admirable ménagère ! Toi,
tu te débattras dans des embarras perpétuels.
Admettons que tu arrives à une belle position
d'avocat en province : c'est la vie plus large,
mais ce n'est pas... fortune acquise, assise au
soleil, sûre pour toi et les tiens. Et puis, après
toi, que leur laisseras-tu ?

— Ce que j'ai reçu.

— On doit laisser plus, à moins d'être un

homme médiocre. Et moi qui avais rêvé de faire de toi un député !

— Eh bien ! pourquoi pas, mon père ?

— Et payer le cens !

— On s'ingénie...

— Après? Et avoir son temps à donner aux affaires du pays ? et pouvoir vivre sans clientèle? Avec une fortune assise, apportée par la dot de ta femme, tu n'avais à t'occuper que de ton talent et de ton avenir ; et précisément parce que tu n'étais pas besogneux, tu gagnais largement la vie quotidienne; tu ne courais pas après les affaires, elles venaient à toi ; tu poursuivais un but politique sans être empêtré par mille difficultés renaissantes. Député, tu pouvais t'occuper de ton mandat, te donner tout entier à la politique, devenir ministre peut-être ; et tes sœurs trouvaient des partis ; parce que tu aurais pu remorquer leurs maris.

— Ah ! mon père, que de combinaisons longuement pourpensées ! Mais pou avoir du talent, pour travailler à se faire une réputation et une candidature, il faut du courage, et ce courage où le prendre? Dans un intérieur morne et glacé? Certes j'aurais voulu réaliser votre

programme, — que j'avais bien compris ; —
mais quand je me suis vu marié avec mademoiselle Frossard, — et même toute autre femme
parmi les jeunes filles que j'ai vues ici, eh bien !
j'ai senti que j'aimerais autant être mort. Com-
prenez-vous, à présent, que je n'aurais plus ni
courage, ni talent, ni ambition?..

— Bah ! bah ! on est comme cela pendant
six mois, puis on s'accoutume ; les intérêts
arrivent ; les enfants naissent ; on les aime...
Enfin, mon ami, la vie sociale a des lois iné-
luctables, — nous le savons bien ! va ! nous
autres, vieux praticiens de la procédure, qui
voyons les familles s'élever ou s'effondrer en
vertu des mêmes causes. Dans certaines situations, un mariage riche s'impose : c'est ton cas.
Et il faut t'arranger de cette nécessité. Pour
toi, un mariage pauvre équivaudrait à un suicide.
Maintenant, je comprends que peut-être il faut,
pendant un peu de temps, laisser saigner ton
cœur. Eh bien ! attendons encore... et puisse
mademoiselle Frossard ne pas se décider pour
un autre parti !.. Tout ce que je te demande,
c'est de rester dans la même situation vis-à-vis
de la famille Langlé : de ne pas laisser voir tes

sentiments ; et ici, de te reprendre au travail comme l'an dernier, et tout en indiquant dès à présent tes visées vers la députation. Tu as des chances ; mademoiselle Frossard veut avec sa fortune acheter une belle position ; elle t'attendra peut-être.

Henri ne répondit pas ; était-ce un acquiescement ? ou bien le sentiment que son père avait raison et que pourtant rien ne pourrait plus étouffer son invincible amour ?

VIII

Très sincèrement et avec une grande bonne volonté de réussir, Henri Ducrest avait fait ce qu'il avait pu pour vaincre son amour, avant d'avoir une explication avec son père. Mais lorsque l'amour vient tard dans un cœur tout neuf, il s'y installe avec une autorité souveraine. D'ailleurs, si tous les intérêts défendaient, au point de vue social, à Henri Ducrest d'épouser Amélie Langlé, toutes les raisons, au point de vue du bonheur intime, ne l'y conviaient-elles pas ? Quelle compagne mieux faite pour lui... Quel rêve !.. Que de forces il se sentait pour lutter avec elle et pour lui conquérir une situation brillante !

Plus il pensait à elle et plus il lui découvrait de qualités rares. Or, si l'amour est violent, en tous les cas, dans un cœur comme celui d'Henri, combien ne s'alimente-t-il pas quand, à chaque instant, il se trouve quelque nouvelle raison d'être ? L'esprit devient alors complice du cœur, et rien ne peut plus réagir contre la passion.

— Mais d'ailleurs, se disait le jeune homme qui raisonnait son amour, quel est le but de l'homme ici-bas ? Que cherche-t-il ? — Le bonheur ? Eh bien ! si pour moi le bonheur est dans le mariage avec la femme aimée, avec la femme que je me sens sûr d'aimer toute ma vie, au lieu d'être dans la possession d'une fortune assurée ? Si, toutes choses examinées et pesées, j'aime mieux la lutte et les difficultés, avec elle, que l'aisance, toute trouvée, avec une autre ?

Les inquiétudes qui le hantaient d'autre part quand il se disait qu'Amélie ne savait rien de son amour ; qu'elle était libre et que sa famille sans doute devait songer à l'établir, achevèrent de le décider irrévocablement.

5

Mais avant de déclarer à sa famille sa décision inébranlable, il pensa qu'il lui fallait connaître les dispositions d'Amélie et celles des siens.

Comment s'y prendre? Aller à Paris? Ouvrir son cœur à la jeune fille? à M. Langlé? à Charles même? Mais quoi? pourrait-il ouvrir son cœur sans faire une demande en règle? Et comment s'avancer ainsi sans s'être assuré des dispositions dernières de sa famille?

Il pouvait attendre l'arrivée de Charles; et alors, dans les longues et intimes causeries de l'amitié, il en serait arrivé à s'expliquer avec ces précautions de langage qui sauvegardent les cœurs contre toutes blessures. Mais convenait-il, maintenant que la question était posée devant M. Ducrest père, de laisser venir Charles sans qu'elle fût résolue! L'impatience d'Henri, d'autre part, ne lui permettait pas d'attendre les vacances. Il se décida pour une lettre à madame Langlé. Et après avoir fait vingt brouillons:

« Madame, — lui écrivit-il, — je viens, en vous rappelant l'affectueuse sympathie que j'ai trouvée dans votre maison, et en m'en cou-

vrant comme d'une égide, je viens faire, près
de vous, une démarche si singulière qu'il vous
faudra pour la comprendre — ce sera l'excu-
ser ! — toute votre maternelle et indulgente
bonté.

» Comment aurais-je pu m'asseoir si souvent
à votre aimable et doux foyer sans souhaiter
d'y garder une place ? J'ai pour Charles, vous
le savez, une amitié de frère..., et je n'ai pu
voir, près de vous, mademoiselle Amélie sans
un charme inexprimable.

» Jamais cependant, madame, un regard ou
un mot ne lui ont dit ce que j'éprouvais. C'est
que ma famille, qui m'aime tendrement, que
j'eusse voulu faire heureuse, avait dès longtemps arrangé pour moi tout un avenir. En
fils loyal, j'aurais voulu répondre à ses espérances. Cependant, mis en présence ici de ces
arrangements, j'ai senti que les souvenirs de
mon cœur étaient plus forts que mes désirs
d'obéissance. Mon parti, quant à moi, est pris,
et la réalisation de mes vœux ne dépendra que
de mademoiselle Amélie : que de vous.

» Mais, madame, si j'ai tout mon cœur à
donner, je n'ai en même temps à offrir qu'une

existence bien médiocre, en province, et dans le sein d'une famille dont mon mariage ne remplira pas les vœux. Non certes, madame, ai-je besoin de vous le dire, à cause d'aucune objection personnelle contre la personne que j'aime ni contre les siens, mais uniquement parce que cette personne ne sera pas celle qu'on m'avait destinée.

» Je n'ai pas besoin d'appuyer, madame, pour que vous saisissiez bien et les circonstance... je me trouve et les conditions d'existence qui me seront faites. Pour les accepter, il faudrait que mademoiselle Amélie eût pour moi une véritable sympathie. Aurais-je assez de bonheur, malgré mon peu de mérite, pour que cette sympathie existât ?

» Voilà, madame, ce qu'il me faudrait savoir et sur quoi je tremble d'avoir votre réponse.

» Votre délicatesse exquise, votre tact infini vous inspireront l'art d'interroger votre fille sans lui en laisser entendre plus qu'il ne vous semblera nécessaire... et vous me direz si, fort de son consentement et du vôtre, je puis annoncer ma résolution à ma famille. »

A la réception de cette lettre, madame Langlé demeura pensive. Ce mariage qui s'offrait
pour Amélie lui plaisait quand elle le considérait en lui-même. Mais quand elle songeait
à l'opposition de la famille Ducrest, qu'il fallait
braver, une grande hésitation s'élevait dans son
cœur. Elle montra la lettre d'Henri à M. Langlé, et M. Langlé, comme sa femme, fut à la
fois heureux du choix d'Henri et très hésitant à
propos des circonstances qui l'accompagnaient.

Ils aimaient l'entière loyauté de la lettre du
jeune homme, et l'opinion favorable qu'ils
avaient conçue de son caractère s'en augmenta ;
Henri assurément était très amoureux, puisqu'il se décidait à heurter de front sa famille ; et
pourtant il ne dissimulait rien, et il ne cherchait à exercer aucune fascination sur la jeune
fille. Ces façons d'agir, en révélant une haute délicatesse, étaient une garantie de plus. La pauvreté
à laquelle serait condamné le jeune ménage ne
les effrayait pas ; en effet, ils n'avaient ni
cherché, ni espéré pour leur fille un mari
apportant une fortune toute faite. Dans ce
temps-là, une fille sans fortune, mais bien
élevée et bien apparentée, trouvait encore à

épouser un homme jeune et courageux qui avait
sa fortune à faire, parce que les jeunes filles
étaient élevées pour être les compagnes de leur
mari et non pour devenir de coûteuses poupées.
Mais cette entrée, par effraction, pour ainsi
dire, dans une famille étrangère qui serait
nécessairement hostile, leur semblait un
obstacle bien redoutable. Dans de telles conditions, le bonheur était-il possible ?

Ils n'osaient accepter ce mariage ; ils ne
voulaient point cependant le refuser.

Ils résolurent d'en appeler à la jeune fille
elle-même.

— Amélie, dit madame Langlé à sa fille,
nous avons confiance en ta raison et en ta clair-
voyance. Voici une lettre que j'ai reçue. C'est
une proposition de mariage. Tu la liras ; tu la
méditeras ; et tu me diras ce qu'il faut répondre.
Ton père et moi n'avons point d'objection
à faire contre le jeune homme, et même il
nous plaît. Mais les conditions du mariage
sont bien dures.

Amélie pâlit d'abord ; avança pour prendre
la lettre une main qui tremblait, puis lut. Et
un éclair de joie passa dans ses yeux.

— Tu l'aimes? demanda madame Langlé.

— Oui, ma mère.

— Alors ça change la situation. Je n'ai plus à te dire qu'une chose: tâche d'imposer silence à ton cœur pour réfléchir avec ta raison.

— C'est tout réfléchi, mère.

— Comment, si vite?

— Il y a bien longtemps que j'étouffe en moi ce sentiment.

— Mais... et cette famille que tu ne connais pas? qui te sera peut-être antipathique? qui te reprochera ta pauvreté; qui te la fera sentir au moins? Déjà la province ne nous aime pas, nous autres Parisiennes... Ne croiras-tu pas toujours entendre, même à travers le silence pincé d'une belle-mère ou d'une belle-sœur hostile: « C'est une intruse qui est venue s'imposer chez nous, qui a séduit notre fils ou notre frère et qui nous apporte une charge au lieu d'une fortune que nous avions espérée. »

— Oh! mère!

— Je suis dure, mon enfant; c'est que je veux te bien montrer les conséquences du parti que tu vas prendre. Je veux que tu te

rendes compte des amertumes qui t'atten-
draient là-bas, dans cette province que tu
ignores. Ah! tu ne t'imagines pas combien tu
y serais seule, toi si entourée et si aimée ici.

— Mère, écoute : tant que j'ai cru ce mariage
impossible, — parce que M. Henri ne songeait
pas à moi, parce que sa famille avait sur lui
des vues que je connaissais et contre lesquelles je ne l'avais jamais entendu protester,
eh bien ! je fortifiais mon cœur contre cet
amour, que je ne voulais même pas m'avouer
à moi-même, — avec le temps, je l'aurais vaincu
peut-être ; mais à présent je sens que ce serait
impossible. Il m'aimait en silence tandis que
je l'aimais en secret ; il combattait son amour
tandis que j'imposais silence au mien ; tu le
vois, nous sommes destinés l'un à l'autre. Eh !
je désarmerai l'hostilité de la province ; je me
ferai aimer des siens ; je tâcherai de l'aider à
faire seul, cette fortune qu'on voulait lui donner toute faite.

— Chère enfant !.. je t'en prie, réfléchis
encore, les engagements que tu prendrais par
ce mariage sont redoutables...

— Mère, as-tu senti que j'ai reçu un coup

lorsque tu m'as tendu cette lettre en me disant qu'il s'agissait d'un mariage?

— Oui.

— C'est que je ne croyais pas que les propositions vinssent de lui; et alors, d'où qu'elles vinssent, je ne les aurais pas acceptées. Va! bonne mère; c'est bien décidé: je l'épouserai... et je n'aurai qu'un seul regret, celui de me séparer de vous. Cela me coûtera bien davantage que d'aller dans une nouvelle famille.

— Cependant, n'est-ce pas? il faut encore savoir jusqu'à quel point ira la résistance de cette famille; car il y a des refus que tu ne braverais pas?

— Sans doute, mère, répondit Amélie en pâlissant.

Quelques jours après, madame Langlé répondait à Henri Ducrest:

« Votre recherche, monsieur, nous honore; mon mari et moi serions heureux de vous avoir pour fils. Mais nous n'accepterions pas cependant une alliance que votre famille repousserait. Obtenez son aveu. Dans une circonstance aussi délicate et si grave, j'ai cru devoir com-

5.

muniquer votre lettre à ma fille. Elle partage tous nos sentiments.

» Ai-je besoin de vous renouveler l'assurance de notre sincère amitié ? »

Henri, dès que sa résolution avait été prise et sa lettre à madame Langlé mise à la poste, s'était remis au travail.

Ce n'était pas l'entraînement avec lequel d'abord il avait voulu tromper les ennuis de la province ; c'était la virile énergie de l'homme qui, ayant assumé la responsabilité de son avenir, prétend forcer le succès et arriver à son but.

Il sortit peu ou point ; ne s'occupa plus d'aucune des femmes de la ville, qui disparurent en un instant de ses préoccupations, et au contraire fréquenta les hommes, parla politique, et prit position, tout en suivant ses affaires au Palais, avec la même âpreté que jadis.

La lettre de madame Langlé fortifia ces dispositions. Après avoir accompli sa démarche, à lui, il s'était senti libre et soulagé du poids de l'incertitude ; après avoir reçu la réponse de madame Langlé, — d'Amélie, — il se sentit heureux. C'était se sentir fort.

Le succès d'ailleurs ne le trahit pas plus que précédemment, et sa position au barreau de Senlis allait tous les jours grandissant.

Les affaires venaient le trouver d'Amiens, de Beauvais, de Laon, de Saint-Quentin.

Il profita d'un procès, qui devait le retenir quelques jours dans cette dernière ville, pour annoncer, par lettre, à son père, ses résolutions. Il valait mieux, en cette circonstance, pensa-t-il, écrire que parler ; n'éviterait ainsi les mots blessants qui s'échappent dans un mouvement de mauvaise humeur, comme des traits empoisonnés.

« Mon bon père, disait-il, après notre conversation sur le sujet délicat de mon mariage, j'ai fait de nouvelles réflexions en prenant dans la plus haute et la plus sincère considération tous vos avis. Cependant, tout bien pesé, je n'ai pu me rendre à vos raisons. Vous me comprendrez, en bon père, quand je vous dirai : après tout, on n'est pas en ce monde pour y faire soi-même et sciemment son malheur ; encore moins les familles y sont-elles pour sacrifier ceux de leurs enfants qu'elles aiment le

mieux et sur lesquels elles comptent le plus. Je
sais, ce que je vous dois : à ma mère si bonne
à mes sœurs aussi, et je tâcherai de n'être point,
pour vous, une déception. J'y réussirai même
car je le veux. Celle que j'ai choisie pour compagne m'y aidera. Vous aurez en elle une charmante belle-fille, dont bientôt vous serez fier,
croyez-moi bien, mon père.

» J'ai fait connaître mes sentiments à la
famille Langlé, et je me suis assuré que je serais
agréé, quand vous voudrez bien, mon père,
demander pour moi la main de mademoiselle
Amélie. Ne faites pas trop attendre votre fils
dévoué

» HENRI. »

En même temps Henri écrivit à sa mère
une lettre pleine de tendresse et de prière. En
post-scriptum il ajoutait :

« Sur les dix mille francs que j'ai récem-
ment gagnés et que mes autres gains m'ont
permis de conserver intacts, j'en lève quatre
ue je place au nom de mes sœurs, ce qui leur
donnera à chacune un trousseau de deux mille
francs lorsqu'elles se marieront. Les six autres

mille francs me serviront à entrer en ménage. »

Que faire contre la résolution d'Henri ? Un
homme de vingt-six ans, qui a déjà fait sa
place au soleil, n'est plus un enfant auquel on
résiste. Après avoir donné quelques jours
à la mauvaise humeur et aux regrets, M. et
madame Ducrest se soumirent.

Aux vacances, ce ne fut pas Charles qui
vint chasser chez son ami Ducrest. Ce fut ce
dernier qui partit pour Paris. Il en revint, à la
rentrée, dans les premiers jours de novembre,
ramenant avec lui sa jeune femme.

IX

— Avez-vous rendu à madame Ducrest la
jeune sa visite de noce? demandait un soir,
chez le maire, la femme d'un des adjoints
à celle de l'autre : la première déjà matrone, la
seconde s'apprêtant à le devenir.

Ces deux dames venaient de finir un whist
avec le procureur du roi et son substitut.

—Non, pas encore ; d'abord j'ai été enrhu-
mée, ce qui m'a empêchée de sortir ; et puis
je ne tenais pas à me précipiter à l'étourdie
chez cette Parisienne dont on raconte tant de
merveilles.

— Quelles merveilles ?

— Mais cent. On parle de sa beauté, on parle de ses façons, on parle de son esprit, de son instruction, que sais-je? Et puis on dit qu'elle est fort élégante ; et, sans vouloir rivaliser, au moins ne voudrais-je pas non plus avoir l'air, à côté d'elle, d'une femme de chambre. Ma couturière ne m'a pas encore envoyé ma toilette d'hiver.

— Mais je n'ai pas vu qu'elle fût tant que cela élégante, moi qui y suis allée ; elle m'a reçue en robe de chambre... et même j'ai trouvé cela un peu leste.

— Ce n'était peut-être pas son jour, dit le substitut, intervenant dans la conversation des dames.

— Si fait, un mercredi ; son premier mercredi, et sur le coup de midi.

— Ah ! dam ! à midi...

— Eh bien ! midi, est-ce que ce n'est pas une heure convenable ?

— Oh ! certainement ; mais à Paris, on ne fait pas de visites avant deux heures, au plus tôt. C'est ce qui vous explique pourquoi elle n'était pas sous les armes, ajouta le jeune substitut qui trouvait madame Ducrest charmante.

— Fort bien ! mais les usages de Paris sont ceux de Paris, et les nôtres sont ceux de Senlis ; et quand on vient habiter une ville, on ferait bien de s'enquérir de ces détails. Mais, d'ailleurs, la robe de chambre était jolie, — un peu risquée même...

— Bah ? Contez-nous cela.

— Eh bien, imaginez-vous une sorte de blouse ouverte en cœur — très ouverte ! et faite avec un ancien châle de votre mère ; — des manches à la Roxelane, doublées de satin cerise. La blouse s'entr'ouvre sur le jupon, qui est aussi de soie rouge. Avec cela, des pantoufles rouges et un petit bonnet grand comme la main, posé sur des cheveux pas encore peignés. J'ai cru voir une actrice en déshabillé.

— Vous savez, à une jeune mariée dans sa lune de miel, bien des fantaisies sont permises. Après tout, la robe de chambre c'est le vêtement du foyer ; le vêtement du tête-à-tête, dit le procureur du roi, disposé comme son substitut à défendre la nouvelle venue.

— Je ne m'étonne plus, si avec ces galants costumes, on séduit nos jeunes gens. Joignez à cela les regards en flèche de deux beaux

yeux noirs : on nous les enlève à la baïonnette !
s'écria la femme du premier adjoint, duègne
autorisée.

— Oh ! madame ! fit le substitut.

— Je ne dis pas cela pour madame Henri
Ducrest, qui a trop d'esprit certainement et
trop de mérite pour avoir eu besoin de conquérir un mari avec ses œillades et ses toilettes.
Je parle des Parisiennes, en général.

— De quoi s'agit-il ? demanda une nouvelle
venue qui ne pouvait plus tenir en place
depuis qu'à la table de whist le silence des
joueurs avait été remplacé par une conversation
animée, dont la nouvelle mariée faisait les
frais.

— Oh ! nous parlions d'un costume du matin
de madame Ducrest, qui est fort original.

— Le costume, ou madame Ducrest ?

— Méchante ! le costume.

— Les Parisiennes sont toutes originales,
d'ailleurs, et c'est peut-être pour cela qu'elles
plaisent, dit la nouvelle interlocutrice, femme
d'un juge, qui était aussi une provinciale,
mais qui avait déjà voyagé. Quant à celle-ci,
on dit qu'elle est vraiment charmante, et que

son beau-père, qui avait des préjugés contre
elle, en est fou, maintenant.

— Sa belle-mère, je crois, a moins d'enthousiasme.

— Bah! ça viendra, car c'est une enchan-
teresse.

— Ce qui tracasse madame Ducrest la mère,
reprit la première interlocutrice, c'est qu'elle se
demande si cette belle bru lui fera une bonne
maison.

— Ah! dame! ça... question!

— Elle a pris deux servantes : femme de
chambre et cuisinière. Et la femme de chambre
est mise aussi bien qu'une fille de boutique!
Quant à la cuisinière... celle de M. le sous-
préfet n'a pas tant de genre! Avec cela, pas de
lessive à la maison : on fait tout blanchir chez
la belle-mère. Un tapis dans le salon, et aussi,
dit-on, dans la chambre de madame. Deux
lampes allumées dès la nuit tombante, et pas de
chandelles : madame se couche à la bougie.

— Et on dit que la belle Parisienne va recevoir; qu'elle ouvrira son salon le soir, au
moins une fois par semaine.

— Je trouve cela un peu... comment dirai-je? un peu ambitieux peut-être... Certes le talent de son mari fait une position à madame Ducrest la jeune; mais se mettre d'emblée sur le même pied que la femme du sous-préfet... c'est aller un peu bien vite.

— On dit aussi que M. Henri Ducrest vise la députation, dit la femme du juge.

— Oui; mais je n'ai pas ouï-dire qu'on ait acquis beaucoup d'immeubles, dans la maison Ducrest, depuis le mariage ! Et à ce train-là, si le jeune ménage n'a pas cinq ou six mille livres de rente... ça n'ira pas bien ! C'est probablement ce qui donne à penser à madame Ducrest la mère.

— On donnera des dîners, même, paraît-il.

— Oh! si ses dîners ressemblent à celui qu'elle a donné l'autre jour à la famille de sa belle-mère, qui est venue de Beauvais pour la voir, ils ne la ruineront pas ! ajouta la femme du second adjoint, qui décidément était assez au courant de ce qui se passait dans la maison Ducrest.

— Ah! bah !..

— Imaginez que les arrivants étaient quatre; M. et madame Henri, ça faisait six; car on

n'avait pas invité M. et madame Ducrest père
et mère, parce qu'il aurait fallu avoir aussi les
petites sœurs. Dix personnes! C'était trop.
Madame Henri Ducrest a déclaré que le nombre de ses convives était fixé à huit au plus.

— C'est tout ce qu'on peut se permettre
avec le service ordinaire, dit-elle; autrement
c'est un dérangement général, et je déteste
cela.

— Tiens! Eh bien! on se débarrasse facilement des convenances : c'est plus commode!

— Oui; on met son monde par petits pa-
quets; mais passons au menu : un pot-au-feu,
— oui, c'est comme j'ai l'honneur de vous le
dire : le *bouilli* a été servi. Après cela un poulet au blanc, un gigot rôti avec des haricots,
— des haricots! — et une salade. Voilà tout!
tout! pas même de plat sucré. Ça s'est ter-
miné par une tourte à la frangipane, du fromage, des mendiants, des pommes et de la
confiture de groseilles.

— C'est un peu sec, en effet?

— Mais, à Paris, cela passerait pour un dîner
de famille très convenable, dit le procureur
du roi.

— Oui, à Paris, habit de velours, ventre de
son !... Eh bien, ici, nous ne faisons pas tant
de simagrées, mais nous ne donnerions pas à
dîner à six personnes, à moins d'un relevé, de
deux entrées de viande, de deux rôtis : un
chaud, un froid, et de quatre entremets, dont
deux sucrés ; je ne dis rien des desserts, ni
des liqueurs. Ah ! j'oubliais ! elle n'a donné
que du vin ordinaire ; tout juste un verre de
bordeaux avec le rôti ! et un doigt de muscat
au dessert !

On le voit, ce n'était pas une bienveillance universelle qui attendait madame Henri
Ducrest, dans la bonne ville de Senlis.

Cette sorte de mise en défense ne prenait
pas toutefois la jeune femme au dépourvu.
Elle s'y attendait et comptait bien la désarmer.
Mais elle n'avait pas voulu tenter de la pré-
venir, pensant d'abord que c'était à peu près
impossible, pensant ensuite que mieux valait
subir ce premier choc, puis, peu à peu, faire
tomber les préjugés et conquérir les gens.

Si, en effet, elle avait voulu dès l'abord éviter de heurter les préjugés de la province,

il lui aurait fallu se faire l'esclave de cette société de petite ville et en attendre une sorte d'investiture qui serait venue Dieu sait quand !

Il y avait alors une telle différence de diapason entre Paris et la province ! Ce n'était pas comme aujourd'hui, où des communications continuelles effacent les distances, étendent le niveau sur tout le territoire.

En se présentant au contraire, tout de suite, telle qu'elle était ou voulait être ; en accentuant même son rôle de Parisienne, Amélie s'affranchissait des fourches caudines et prenait position d'emblée ; cette attitude avait d'ailleurs été délibérée entre elle et son mari.

Henri Ducrest voulait, malgré son manque de fortune, réaliser le rêve de son père et devenir un jour député. Pour payer le cens, il s'arrangerait toujours : il y avait des combinaisons. Mais il fallait s'imposer à son arrondissement, y représenter d'abord le parti libéral, puis un certain nombre d'intérêts ; y donner une haute idée de son talent et de son caractère : tenir enfin à Senlis une des premières situations.

Gagner les suffrages de ses concitoyens, leur inspirer confiance, les rendre fiers de son talent, c'était son affaire, à lui ; se faire dans la ville une position prédominante, c'était celle d'Amélie, qui était d'ailleurs bien à la hauteur de la situation.

Elle s'était promis de seconder son mari et de l'aider comme aide une femme quand elle y met toute son intelligence, toute sa volonté et toute son adresse.

D'abord il lui fallait être la reine de la ville ; ensuite il lui fallait obtenir les suffrages des hommes, puis au moins la neutralité des femmes ; ouvrir aux premiers une maison agréable ; rendre assez de petits services aux secondes pour désarmer leur malveillance ; enfin, installer sa royauté et la faire accepter.

C'était un problème difficile. Amélie le regarda en face et se mit en devoir de le résoudre.

Premièrement, elle n'alla point demeurer dans la famille de son mari, malgré l'avis ouvert par madame Ducrest, « que c'était un moyen de s'arranger économiquement ». Ces économies-là coûtent trop cher, pensa-t-elle : elles coûtent l'union des familles d'abord. Pour réaliser ses plans, d'ailleurs, il lui fallait être maîtresse chez elle ; et quant à aller à l'é-

conomie, le seul but qu'elle devait se proposer
était de vivre avec les honoraires que gagne-
rait son mari, bon an mal an, et de s'en faire
honneur le mieux possible.

Henri Ducrest loua donc, pour y installer
son ménage, une maison assez confortable, avec
un joli jardin, dont on ne demandait pas un
fort loyer parce qu'elle se trouvait dans une
rue assez solitaire qui formait comme une sorte
de dégagement entre deux rues plus peuplées.
Cette rue n'était guère bordée que par les murs
des jardins dont les maisons donnaient sur les
autres rues, et la maison louée par l'avocat
était la seule maison bourgeoise qui s'y trouvât.

Elle se composait d'un vaste vestibule au
fond duquel s'élevait, en spirale, un escalier
en pierre ; de deux assez grandes pièces au rez-
de-chaussée, l'une à droite et l'autre à gauche
du vestibule et servant, la première de salon et
la seconde de salle à manger, et d'une cuisine ;
de trois chambres au premier et de greniers et
de chambres de domestiques au second ; il y
avait d'un côté de la maison écurie et remise,
et de l'autre un bûcher. Le jardin s'étendait du
côté de la façade opposée à la rue.

Amélie fit d'une des pièces du rez-de-chaussée, à gauche du vestibule, le cabinet de son
mari ; elle prit l'autre, qui était la salle à manger de la maison, pour en faire son salon ;
transforma la cuisine, qui était à côté, en
salle à manger ; fit enlever la porte qui sépa-
rait les deux pièces et agrandir la baie, qu'elle
drapa d'une portière. La cuisine fut prise en
retour dans le bûcher. Ces arrangements, com-
binés avec intelligence, ne coûtèrent pas plus
de cinq cents francs.

Il s'agissait ensuite de meubler la maison.

Peu de choses à faire dans le cabinet de l'a-
vocat, qui y installa son mobilier de garçon
et ses livres.

La salle à manger fut tendue de papier vert
foncé et drapée de rideaux de damas de laine
assorti ; deux buffets en noyer avec étagères,
des chaises de noyer couvertes en crin noir ;
une table de dix couverts et une « servante »
composèrent l'ameublement.

Pour le salon, Amélie le voulut plus coquet:
elle acheta chez des revendeurs des meubles
et des rideaux du siècle dernier qui commençaient à être en faveur à Paris dans un cer-

tain milieu littéraire et qui passaient encore,
en province, pour des vieilleries sans valeur;
elle eut ainsi, pour moins de huit cents francs,
assez de tapisseries pour en faire tendre toute la
pièce, deux paires de rideaux de soie brochée,
un canapé, deux bergères, six fauteuils et six
chaises Louis XV au petit point. Un piano
moderne, deux consoles assorties aux meubles
Louis XV, deux tables à jeu du même style,
complétèrent la garniture de la pièce, qu'elle
éclaira ensuite par deux grandes glaces, entou-
rées de superbes cadres sculptés et dorés, qui
ne lui coûtèrent presque rien, parce qu'elles
étaient coupées par le milieu et quelque peu
tachées d'humidité.

Pour sa chambre à coucher, elle la fit tendre de droguet, — une étoffe grossière : moitié fil et moitié laine, tissée par les tisserands de
village et qui porte sur un fond écru des rayu-
res bleues et rouges. Elle avait des rideaux en
mousseline blanche, encadrés par des *bonnes grâces* en toile de Jouy frangées de vieilles dentelles.
Son grand lit, *à la duchesse,* fut accommodé de
même. Elle trouva des bergères assorties, une
belle commode ventrue avec des cuivres, etc.

Pendules, vases, vaisselle, flambeaux, elle acheta tout d'occasion et dans le style ancien, en choisissant bien. Et l'ensemble de ce mobilier ne dépassa pas deux mille francs, en y comprenant l'arrangement de la cuisine.

Le linge lui avait été donné par sa belle-mère ; de ses parents, elle avait eu un joli trousseau ; de sa marraine de l'argenterie ; de son mari un cachemire et quelques bijoux.

Quand le jeune ménage fut installé, il se trouva, devant lui, deux mille francs, ni plus ni moins.

C'était tout juste de quoi attendre les causes et ne pas se trouver au dépourvu, quand les clients seraient en retard.

Sa maison prête, madame Henri Ducrest fit ses visites avec une robe de velours noir, un chapeau blanc à marabouts et son cachemire, comme il était alors d'usage, dans une certaine moyenne de richesse et d'élégance. On trouva aussi que c'était bien « grand genre » et que mademoiselle Adélaïde Frossard, quand elle se marierait, avec toute sa fortune, ne serait pas mieux mise ; mais cela encore entrait dans le plan d'Amélie : elle ne devait jamais, en rien, accepter un rôle secondaire.

Puis elle attendit les dames de Senlis chez elle le mercredi; et, en attendant, elle reçut assez intimement les amis particuliers de son mari, ses camarades d'enfance et de jeunesse. Quelques-uns d'ailleurs, qui avaient fait leurs études à Paris, connaissaient son frère. C'était un lien. Sans façon, madame Henri Ducrest les retint à dîner, tantôt l'un, tantôt l'autre; et tous trouvèrent dans le nouveau ménage cet accueil aimable, simple et cordial que la jeune femme avait appris dans la maison paternelle. Dès l'abord, elle mettait ses visiteurs à l'aise, ce que fait naturellement une Parisienne, ce que ne savait pas faire alors une femme de province. Aussi, les amis d'Henri retournaient-ils chez elle sans se faire prier.

On dit alors, çà et là, qu'elle se faisait une cour de jeunes gens; ce néanmoins quelques femmes se hasardèrent, et furent assez surprises aussi de se trouver plus vite sur un pied cordial, avec la nouvelle venue, qu'elles ne l'avaient prévu. Amélie pourtant ne leur fit point de caresses. Elle les reçut avec beaucoup de bonne grâce, beaucoup d'amabilité, mais au je ne sais quoi d'après lequel les visiteuses devaient conclure que, reçues avec plaisir et cordialité, elles ne seraient pas cependant recherchées si elles se dérobaient. Comprirent-elles ? On a vu par ce qui précède que ce ne fut pas d'emblée.

— Avec le temps ça viendra, se disait Amélie, bien sûre d'avoir raison des préjugés de la province, dans un temps donné, en rendant sa maison agréable.

X

Et, en effet, deux ans après son installation à Senlis, Amélie Ducrest avait un salon dans
cette ville, ou précédemment on ne connaissait même pas « le cabinet des antiques ».

D'abord les hommes y étaient venus, trouvant là une conversation qu'ils ne rencontraient
nulle part ailleurs : de la gaieté, un brin de
musique, une femme élégante, sans coquetterie, de laquelle ils étaient sûrs de recevoir
toujours une parole aimable et une impression
nouvelle ; un homme distingué, au courant
des affaires et de la politique ; puis ils y étaient

venus pour s'y rencontrer les uns les autres.
Les femmes alors y vinrent à leur tour pour
y suivre leurs maris, pour ne pas être déser-
tées, et parce qu'elles s'y amusaient.

Bref, on vit à Senlis ce qui ne s'y était
jamais vu; des bourgeoises qui, au lieu de
tricoter, le soir, péniblement et solitairement
au coin de leur feu, jusqu'à huit heures et
demie, pour se coucher ensuite de mauvaise humeur, posaient un bonnet sur leur
tour, ou bien attachaient un nœud de ruban dans leurs cheveux, après dîner, nouaient
un fichu de dentelle autour de leur cou et
s'enveloppaient de leur pelisse pour aller,
qui faire la partie, qui broder, qui faire de la
musique dans un salon où se rencontraient,
tous les jours, quinze ou vingt personnes d'opinions différentes et de milieux divers.

Point de dépense d'ailleurs. Madame Ducrest mettait à la portée de ses visiteurs un
verre de sirop frais l'été, et l'hiver une tasse
de thé; elle posait une lampe sur la table à
ouvrage, deux bougies sur la table à jeu,
deux autres au piano; du feu ou des fleurs dans
la cheminée selon les saisons : c'était tout.

Grâce à cette simplicité, le ménage était à l'aise avec ce que le jeune avocat gagnait ; et le chef-d'œuvre d'Amélie était d'arriver, avec des ressources qui ne s'élevaient point au-dessus de huit à dix mille francs, à tenir sa maison, à soigner sa toilette, comme si elle en avait eu le double.

— C'est fort bien, disait la belle-mère ; mais ils ne mettent pas un sou de côté : et voilà les enfants qui arrivent cependant!

Amélie était devenue mère, en effet, et, aux dépenses des deux époux, il fallait ajouter les frais d'une bonne pour l'enfant et ceux des mille détails d'une grossesse et d'une nourriture.

Car, au grand ébahissement de toutes ces dames, Amélie voulut nourrir. — Quoi, une Parisienne ? Oui vraiment! Mais elle ne s'empêtrait pas dans cette maternité ennuyeuse qui écrase la maison tout entière sous le poids d'un petit être exigeant et criard. L'enfant, un beau garçon, toujours serti dans des brassières et des bonnets de dentelle brodées, avait été, dès l'origine, soumis à téter à des heures réglées pendant le jour, et jamais la nuit. On l'apportait à son père quand celui-ci rentrait après le Palais ; on l'emportait loin de lui aux heures du travail. Attentive aux moindres indices qui pouvaient déceler une souffrance ou un malaise chez le petit être, Amélie ne permettait jamais, toutefois, que son mari en éprouvât une fatigue, ou un ennui.

Ah ! si les jeunes mères savaient combien il est important à la conservation intacte du bonheur conjugal, de ne point ennuyer le mari dans la période de nourriture ; de ne point le laisser assourdir par les cris de l'enfant qui fait ses dents ; de l'occuper le moins possible des petites misères intimes de la *nursery !*

Le père, si tendre qu'il soit, ne commence pas, tout de suite, à comprendre l'enfant, il faut que ce dernier ait dans les yeux une lueur d'intelligence, et sache au moins balbutier. En revanche, quand il revient du dehors fatigué, ou bien quand il est préoccupé de son travail, il s'impatiente de la tyrannie de cette petite créature sans connaissance, qui geint, qui bave et qui absorbe entièrement la mère, la rend indifférente à tout le reste : aux soins de sa personne comme aux choses du dehors. Alors le doux intérieur qu'aimait le jeune mari lui

devient aride. Il ne rentre plus chez lui avec le
même plaisir. Qu'y va-t-il trouver? le désarroi,
l'embarras, le bruit, la fatigue? Ce n'est plus
le sourire, le repos, le charme... et déjà l'amour
est atteint, blessé peut-être.

Amélie savait-elle déjà toutes ces choses?
ou bien les devinait-elle avec l'instinct sûr que
donne à la femme le véritable amour? ou bien
encore était-elle inspirée par la coquetterie innée
des Parisiennes? Peut-être y avait-il en elle un
peu de science, beaucoup de divination et aussi
de cette seconde nature qui porte les Parisiennes à simplifier les embarras de la vie, à
dissimuler les soins ennuyeux, à ne voir et à
ne montrer que le côté agréable des choses.

Quoi qu'il en soit, elle éleva son fils sans
que le charme du foyer en reçût aucune atteinte;
et lorsque le cap dangereux des premières
années fut passé, ce charme au contraire s'en
augmenta de toutes ces joies intimes qu'un
enfant jette le long du chemin parcouru par un
jeune ménage, comme des poignées de fleurs le
long d'une procession de Fête-Dieu.

En somme, ils étaient heureux et s'étaient
imposés à la famille mal disposée, à la ville de

province malveillante. Impossible à madame
Ducrest, la mère, de n'être pas contente d'une
belle-fille qui était déclarée « charmante »
par tout le monde, et qui soutenait habilement
son fils dans la voie de la députation ; impossible aux demoiselles Ducrest de se plaindre
d'une belle-sœur qui s'employait de son mieux
à les faire briller : qui leur amenait tous les
jeunes gens de la ville et s'efforçait de les
mettre en valeur et de les pourvoir comme si
elles eussent été ses propres filles. Pour
M. Ducrest, il s'était dit depuis longtemps, en
homme pratique, qu'il fallait accepter les choses
telles quelles, puisqu'on n'avait pu les arranger autrement, et en tirer le meilleur parti
possible ; et quant à la petite ville, madame
Henri Ducrest lui avait ouvert une maison
agréable : qu'avait-elle à faire, hormis d'y aller
porter ses cancans, exhiber ses toilettes, chercher des heures de distraction ?

Henri Ducrest, d'ailleurs, devenait de plus en
plus l'avocat indispensable du ressort, et le
grand homme de l'arrondissement.

— Oui, lui dit un jour son père, ta femme te
rend heureux ; elle est gracieuse, spirituelle,

élégante, adroite, et même, je veux bien le
reconnaître, femme de ménage à sa manière ; on
te l'envie, et moi j'avoue que j'en suis fier.
Mais, mon ami, tu as trente-deux ans, un fils
de six ans, et rien plus que ta position d'avocat.
Bon an mal an, tu manges ce que tu gagnes,
et tes sœurs ne sont pas mariées ; l'aînée va
avoir vingt-huit ans tout à l'heure.

— J'espère être député l'année prochaine ; on
fera des élections dans dix ou douze mois...
Alors je les marierai. L'aînée sera pour le conservateur des hypothèques, à qui elle plaît,
qui veut de l'avancement et auquel j'en ferai
donner ; la seconde, qu'Amélie élève, deviendra
la femme du jeune Sardevet, mon secrétaire,
qui a six bonnes mille livres de rentes et dont
je ferai un sous-préfet.

— C'est très bien ! Mais où prendre, pour
être député, une propriété foncière qui te fasse
payer mille francs d'impôt ?

— J'y ai pensé ; j'ai une combinaison.

— Prends garde ! Il y en a de dangereuses.

— Puisque nous traitons cette question, je
vais vous dire mon plan, père, et vous demander de m'y aider.

— Voyons.

— Je puis aisément lever deux ou trois mille francs par an sur ce que je gagne et j'ai dix ou douze mille francs devant moi. Avec cela je puis tenter une affaire...

— Quoi?

— Je puis devenir propriétaire d'une terre et d'un château dans l'arrondissement.

— Diable!

— Vous connaissez le château des Sablons et ses fermes, et vous savez que la propriétaire actuelle est madame veuve Arnould, aujourd'hui âgée de soixante-cinq ans, et sans héritier direct; cette vieille femme est étrangère au pays, et sans lien avec la société, parce qu'elle est d'origine au moins obscure, si ce n'est suspecte; parce que son mari a fait fortune sous la Révolution, sans beaucoup de scrupule, et en acquérant des biens nationaux.

— Oui; je sais tout cela.

— La terre et le château des Sablons sont biens d'émigrés, et d'émigrés revenus dans le pays. Il n'y a pas, paraît-il, de misères qu'on ne fasse à la vieille dame pour la forcer à rétrocéder, à vil prix, la propriété à ses anciens

maîtres. Elle ne veut point; non qu'elle
tienne à sa terre où elle s'ennuie à périr, non
pas même qu'elle ne veuille rien rerdre sur la
valeur actuelle de la propriété; — elle est riche
et ne dépense pas ses revenus, — mais, parce
qu'il lui répugne de céder à des prétentions qui
impliquent l'insinuation que les biens nationaux
sont mal acquis. Bref, j'ai lieu de croire que si
on lui offrait de lui acheter les Sablons moyennant six mille francs de rente viagère, elle ven-
drait, pourvu que ce fût à tout autre qu'aux
anciens seigneurs. Au demeurant, qu'a-t-elle
à faire autre chose qu'à mourir tranquille, après
avoir encore pendant quelques années, bien vécu
de ses rentes à la ville prochaine? Et les Sablons,
mal gouvernés par des fermiers que nul ne sur-
veille, ne lui rapportent pas trois mille francs.

— Et tu veux tenter l'entreprise de devenir propriétaire d'une terre de cent mille
francs en payant, plus ou moins longtemps, six
mille francs de rente à la propriétaire?

— Oui. Je gagne de l'argent; avec beaucoup
de courage et d'acharnement, j'en puis gagner
davantage; il y aura les revenus des fermages
que je ferai rentrer : bref, je payerai la rente. C'est

la fortune peut-être pour plus tard ; et en
attendant, c'est le cens payé pour demain.

— Tu payeras !.. tu payeras !.. C'est bientôt
dit. Tu parles des fermages ; il y aura les
charges aussi de la propriété : et c'en est une
terrible, va ! que de payer trois ou quatre mille
francs, bon an mal an, quand il les faut
attendre de son seul travail, de son seul succès...
Et si tu es élu, tu gagneras moins : — on ne
peut pas faire en même temps le métier de
député à Paris et celui d'avocat ici ; — et tu
dépenseras beaucoup davantage...

— Alors, voilà pourquoi je vous demanderai
de m'aider. Si je suis député, vous payerez
au besoin pour moi, pendant les deux ou trois
premières années : le temps de me retourner
et de marier mes sœurs ; si, au contraire, je
ne suis pas élu, rien de changé à ma situation : je plaide un peu plus ; voilà tout.

— Je ne nie pas que l'occasion ne soit belle
et peut-être unique, car si tout va bien et
si la vieille dame ne dure pas plus de cinq
ou six ans, même dix, tu auras eu, pour
quarante ou soixante mille francs, une terre
qui lui en a coûté vingt mille en 93, c'est vrai ;

mais qui en vaut plus de cent mille aujourd'hui.

— Précisément ; alors voilà pourquoi j'ai
pensé que si je me trouvais serré, ou bien si
les dépenses de la députation m'empêchaient
de prélever l'annuité sur mes gains, vous
pourriez m'avancer ce dont j'aurais besoin, que
je vous rembourserais plus tard, et que, d'ailleurs je vous garantirais par une hypothèque.

— Oui, sans doute ...; mais ... si la vieille
dame dure vingt ans, vingt-cinq ans, trente
ans ... Il n'y a tels, pour devenir centenaires,
que les gens qui ont placé en viager ! Demande à tous les hommes d'affaires ! répondit
le vieil avoué, toujours timoré.

— Il est certain, mon père, qu'il y a un
alea ; sans quoi ce serait trop beau.

— Il y en a même plusieurs ; car enfin... —
il faut tout prévoir ! — si tu meurs, toi ?

— Ah ?... fit l'avocat avec un léger frisson et
en regardant son père en face ; oui, c'est vrai,
je puis mourir avant madame Arnould, et alors...

— Et alors c'est la perte de tout ce que tu
auras versé, car on ne rattrape jamais rien de
ces versements-là, quand les héritiers ne peuvent pas continuer le contrat ; et les tiens et...

moi, si j'ai placé dans cette affaire une partie de notre petit avoir, nous sommes ruinés.

Henri demeura muet et pensif. Cette éventualité, qu'il pouvait mourir, lui, avant la vieille femme, ne lui était pas apparue ; chose étrange pour un homme d'affaires! Et puis, jusqu'alors, il avait toujours été heureux : la vie lui avait réussi. Il jouait sur sa tête et il ne lui semblait pas qu'il pût perdre.

A la pensée soudaine de la situation où se trouverait sa famille s'il venait à mourir prématurément, il reçut un coup au cœur, un choc au cerveau. C'est que tout l'édifice en effet reposait sur sa vie, sur son talent, sur son avenir...

Qu'une paralysie lui clouât la langue au palais ou arrêtât la pensée dans son cerveau : et c'en était fait. Tous les siens, qui s'accrochaient à lui, rouleraient dans l'abîme. Une vision rapide lui montra le tableau du *Déluge* de Girodet : cette grappe humaine suspendue à un seul homme au-dessus des grandes eaux.

Mais il secoua vivement cette apparition sinistre.

— Bah! dit-il tout haut, après un court silence, je ne mourrai pas, et je serai ministre!

XI

Un an après, au mois de mai, Amélie était installée au château des Sablons.

On avait pris des arrangements, pour le mobilier avec la vieille madame Arnould, qui s'en était allée à Paris, dans un petit appartement bien clos, avec une gouvernante, tranquille sur sa rente, dont une première hypothèque la garantissait d'ailleurs, et débarrassée des avanies des voisins et des tracas de la propriété rurale.

Le château était donc passé aux mains de son acquéreur Henri Ducrest, tel que le laissait

la vieille propriétaire qui, elle-même, l'avait
acheté tel que l'avaient laissé les émigrés.
Partout les meubles, les tentures, les dispositions du siècle dernier : grands lits à *la duchesse*
vastes armoires en chêne brun garnies de ser-
rures en acier poli ; rideaux de soie à ramages,
meubles à pieds de biche ; cheminées énormes ;
parois boisées, vastes alcôves.

C'était avec une joie inexprimable qu'Amélie
courait d'une chambre à l'autre, y accommo-
dait les choses, y faisait des préparatifs d'habitation. Quelle fête ! de recevoir, là, aux
vacances, son père, sa mère, sa sœur, qui
venait de se marier à un jeune professeur de
rhétorique ; son frère, qui était devenu procureur du roi ! Quelle ivresse de voir son cher
enfant courir à travers les allées du parc, et
d'attendre Henri devant un feu clair, quand il
irait à la chasse pour se reposer des fatigues de
l'esprit, par celles du corps !

Elle était redevenue enfant, la Parisienne,
pour s'occuper des mille détails de la vie de
campagne : faire couver des poules, semer des
salades — qui poussaient ! — regarder se nouer
les fruits qui succédaient aux fleurs des arbres,

se gonfler les cerises ; que de plaisirs, aussi
vifs pour elle qu'avaient été jadis les plus
brillantes soirées de spectacle.

Toutes les terres jointes au château étaient
restées affermées ; elle n'avait donc pas à s'occuper de la « faisance valoir » ; heureusement
d'ailleurs, car elle arrivait à la vie rurale avec
cette naïveté prodigieuse qui distingue les
Parisiens. Elle avait des étonnements pro-
fonds à voir que le blé montait dans les sillons et que les paysans le distinguaient du
seigle et de l'avoine ; à voir les bœufs et les
vaches se promener dans les prés « sans faire
de mal à personne » ; elle élevait des chenilles
pour les regarder faire leur cocon et devenir
papillons ; elle avait des remords quand elle
entendait la cuisinière tordre le cou à un
poulet.

Ce jour-là, elle attendait Henri qui venait de
faire une tournée électorale. Elle était dans
son salon assise près de la grande porte vitrée
qui donnait sur le jardin, et travaillait à une
vieille tapisserie trouvée inachevée dans un
tiroir, qu'elle destinait à recouvrir un meuble
Louis XIII trouvé au grenier. A côté d'elle,

son fils Raoul jouait avec des soldats de plomb ; non loin de là, un livre, une ardoise, un cahier témoignaient que déjà la jeune mère avait recommencé son rôle d'institutrice.

C'était un beau lundi de Pentecôte. Vacances au Palais, vacances partout. Henri devait rentrer dans la journée, après avoir vu, en deux jours, un bon tiers de ses électeurs. Plus tard, vers les quatre heures, le père et la mère Ducrest, leurs deux filles et les deux hommes sur lesquels on avait jeté les yeux pour en faire leurs maris, devaient venir dîner. Le château des Sablons était à une lieue de la ville : on pouvait au besoin y aller à pied et en revenir de même. C'était la première fois qu'Amélie en faisait les honneurs.

Le salon était boisé, meublé de fauteuils à bois peints en gris et couverts de tapisserie, de rideaux en vieux lampas, de deux consoles à pieds de biche, à dessus de marbre; d'un guéridon sur lequel éclatait un gros bouquet de fleurs des champs, devant la porte un parterre en terrasse dessiné par des bordures de buis; au delà un vaste jardin à la française, avec des charmilles et un bassin rond au milieu. Autour du bassin encore des fleurs; çà et là des faux ébéniers, des lilas, des seringas en fleurs. Dans les parterres et le long des bordures, les lis élevaient leurs rameaux fiers, les iris s'épanouissaient en touffes, et les pivoines semaient sur le sol leurs pétales rouges. La verdure des arbres était dans toute sa fraîcheur ; le soleil doux et brillant, le ciel sans un nuage.

Vers une heure elle se leva tout à coup et l'enfant en même temps. Elle venait de distinguer à travers les bruits de la campagne le tintement des grelots d'un cheval. C'était Henri qui revenait dans un cabriolet de louage. Comme il entrait dans la cour, sa femme et son enfant sortaient de la maison. Il mit pied à terre; Amélie lui sauta au cou; l'enfant le saisit par les épaules. Ces trois êtres s'aimaient bien.

Pour Amélie, cette caresse empressée était comme l'épilogue des pensées qui s'étaient succédé, en elle, pendant l'attente : son baiser résumait tout un poème de bonheur.

— Quel temps délicieux! dit Henri. Le long du chemin, je pensais à vous; j'aurais voulu vous avoir avec moi. Veux-tu, Amélie, qu'en attendant les parents, nous fassions un tour dans nos domaines. Un quart d'heure pour secouer la poussière de mes bottes, changer d'habits, et je suis à toi ?

— Oui... quel plaisir, dit-elle, et dépêche-toi pour que nous ayons le temps de faire non pas seulement un tour dans nos domaines, mais le tour tout entier.

Ils descendirent un moment après, tous les trois, par le jardin. Amélie était radieuse et plus jolie qu'elle ne l'avait jamais été, dans une robe rose à mille raies, avec un grand chapeau de paille de Florence attaché par un velours noir. Elle avait alors toutes les plénitudes de la femme et encore toute la fraîcheur de la jeune fille. Ses yeux noirs brillaient comme pour éclairer son joli sourire ; son teint mat semblait illuminé par une lumière intérieure, celle du bonheur sans doute, qui transparaissait à travers sa chair blanche et son sang pur. L'enfant était plein de vie et de gaieté. Henri avait l'âge où l'homme est dans toute sa force et dans toute sa valeur physique et morale. Il était robuste sans être gros, vigoureux et agile

malgré l'empreinte que le travail intellectuel
avait mise à son front.

En sortant du jardin, ils traversèrent un pré
et un petit bois qui l'entouraient, et le conti-
nuaient comme pour en faire une sorte de parc ;
puis ils s'engagèrent dans un chemin creux
entre deux talus verts tout parsemés des
innombrables fleurettes du printemps.

Chemin faisant, mille châteaux en Espagne,
mille folies.

— Dans ce pré au bord de l'eau, Amélie,
nous planterons des peupliers pour faire la dot
du petit. Un peuplier, tu sais, quand on le
plante, c'est vingt sous. Vingt ans après c'est
vingt francs ; ainsi, avec quatre ou cinq cents
peupliers dans une propriété on peut faire un
bon placement.

— Dieux ! mais alors je vais fonder une tirelire et faire des économies extraordinaires, et
à chaque pièce de vingt sous que j'y mettrai,
je me dirai : un peuplier pour Raoul !

— Si j'avais le temps, j'aimerais à m'occuper
d'agriculture, à vivre ici l'été, à passer trois
mois d'hiver à Paris... Et toi ?

— Moi aussi. Mais n'aimeras-tu pas mieux

encore être député, vivre de la vie publique ;
te mouvoir dans l'ardente fournaise de la politique ; et après avoir donné l'essor à toutes
tes facultés, à toutes tes ambitions, venir ici,
aux vacances, chercher le repos avec nous ?

— Peut-être ! Nous autres travailleurs du
cerveau, nous avons des activités fiévreuses
auxquelles il faut un aliment pimenté. Et puis
cette vie de bons propriétaires campagnards,
c'est un but, ce n'est pas un moyen. Et nous
en sommes aux moyens, non au but, hélas !..

— Voudrais-tu donc en être au bout de la
carrière, à la vieillesse, au repos ?

— Non ! plutôt à la jeunesse, au travail, à
la lutte, à l'amour, ô ma bien-aimée, ma compagne adorée !

Amélie serra la main de son mari, et, d'un
mouvement passionné, courba la tête sur son
épaule. Un moment ils marchèrent en silence,
recueillis dans leur amour et leur bonheur.
Puis :

— Que je t'aime ! ô ma femme ! dit Henri
avec un accent d'une profondeur infinie. Si
tu pouvais voir combien tout mon être est im-
prégné de toi ! combien toi et lui, ajouta-t-il

en montrant l'enfant qui marchait devant eux,
vous êtes les raisons d'être de ma vie, les mo-
biles qui déterminez mes moindres actions ! Je
t'aimais bien, certes, quand, il y a sept ans,
j'ai contraint mon père à se soumettre à ma
volonté et à aller demander ta main. Eh bien !
aujourd'hui, après sept années accomplies, je
t'aime, autrement, peut-être, mais cent fois
davantage : c'est que je te pressentais alors,
tandis que je te connais aujourd'hui. — Et encore, autrement le sais-je ? J'ai encore toute
la ferveur de mes désirs, toute mon admiration, tout mon enthousiasme... et il s'en faut
de peu que je ne tremble encore en te parlant.

Amélie serra de nouveau et plus longuement la main d'Henri, qu'elle tenait toujours,
et leva sur lui ses yeux pleins de larmes.

— J'aurai donc, dit-elle, par toi, su ce que
c'est que de pleurer de joie ! O mon ami, tu me
rends bien heureuse ! Moi aussi, je t'aime
bien plus profondément qu'il y a sept ans !

Et un nouveau silence, recueilli, enivré,
succéda au premier. Ils cheminèrent un moment, sans rien voir autour d'eux, et comme

emportés sur des ailes d'archanges dans les
sublimes régions de l'idéal.

De temps en temps l'enfant, par un mouvement, un cri, une question, les rappelait au
présent et à la réalité.

Mais qu'il était beau, d'ailleurs, le présent!
et qu'elle leur versait de baume dans le
cœur, la réalité!

Ils s'assirent un moment dans un bois,
prirent le petit Raoul entre eux deux, et lui
parlèrent des fleurs qui brillaient dans l'herbe,
des insectes et des papillons qui volaient dans
l'air, des oiseaux qui chantaient dans les
arbres. Leurs cœurs étaient trop pleins pour
qu'ils trouvassent des expressions qui ren-
dissent ce qu'ils sentaient. Ils traduisaient leur
bonheur par les paroles de la divine cantate
de la nature à l'Éternel.

Une libellule bleue, qui festonnait de son
vol capricieux le bord d'un ruisseau; un papil-
lon qui se posait, comme une fleur volante, de
brin d'herbe en brin d'herbe, éveillaient le
souvenir de leurs jours de jeunesse, de gaieté,
d'insouciance, alors que leur amour à l'état
latent ne se trahissait que par des éclats de

rire ; le babil des oiseaux dans les branches, c'était leurs causeries du soir, dans la famille, rue Serpente. Quant aux fleurs, chacune aussi évoquait une image radieuse.

Qu'Amélie avait été charmante, un soir, au théâtre, avec un bouquet de myosotis et de roses! Qu'elle avait été belle un autre, pour aller au bal pour la première fois, après son mariage, avec une couronne de grandes marguerites blanches à cœur d'or ! Dieux ! Et qu'elle était jolie maintenant, dans sa robe rose, avec son grand chapeau qui lui faisait comme un nimbe, et retenant sur ses genoux son fils, qui résumait tous les bonheurs passés dans le bonheur présent !

— Te rappelles-tu notre partie dans les bois d'Aulnay, Henri? dit-elle. Oh ! cette odeur des bois respirée, avec toi, pour la première fois...

En ce moment la cloche du village sonna les vêpres.

— Trois heures et demie, dit Henri, déjà !

— Tes parents vont arriver, il faut rentrer.

Tous trois reprirent le chemin du logis, non sans un regret. Comme le choc des choses extérieures vous réveille vite, quand on les oublie! Comme on sent vite, quand le cœur et la pensée déploient leurs ailes, qu'on a les pieds attachés au sol.

Chemin faisant, Raoul avait cueilli une gerbe de fleurs :

— Donne-les moi, mignon, dit Amélie, au seuil de la maison.

Et elle les pressa sur son cœur, sur ses lèvres, et alla vite les enfermer dans un coffret de cèdre, comme un trésor.

Le soir, on pendit joyeusement la crémaillère. Convives : M. et madame Ducrest père et mère, leurs deux filles et deux invités qu'on appelait leurs amoureux, parce qu'on les avait choisis pour en faire des maris ; le conservateur des hypothèques et le jeune avocat, secrétaire d'Henri Ducrest.

L'avoué, au fond, augurait bien de la tournure des choses. Après une longue défiance, il avait fini par croire en son fils et en sa belle-fille, puisqu'au bout du compte ils réussissaient ; ce n'était pas par les moyens qu'il eût conseillés ; mais enfin il fallait convenir que les affaires d'Henri étaient en bonne voie ; qu'il gagnait une vingtaine de mille francs par an, que sa maison était tenue comme

s'il les eût dépensés, et que, pourtant, il avait,
cette année-là, payé seul l'annuité de la vieille
madame Arnould et trouvé encore moyen de
faire face à l'indemnité donnée en sus pour le
mobilier et aux frais d'installation ; enfin, le
fait était que jusqu'alors Henri ne lui avait
rien demandé et que, d'autre part, il ne devait
rien à personne.

Pour madame Ducrest la mère, elle était
toute ravie de voir son fils dans un château
dont il était le maître, après tout, de façon,
ou d'autre, mais honorablement. Quant à ses
filles, elles se plaisaient à y voir leurs amoureux, qu'elles taquinaient comme pour en
prendre possession. Ces derniers se laissaient
faire. Sans qu'il y eût eu de paroles échangées,
cependant, il y avait entre eux et Henri une
sorte de contrat tacite, sur les bases plus haut
indiquées par Henri à son père.

Au dessert, l'un des deux, l'avocat Sardevet,
secrétaire d'Henri, se leva et porta un toast :

« A notre futur député ! »

Et tous trinquèrent de bon cœur.

XII

Cette fois encore la fortune ne trompa pas
les espérances d'Henri Ducrest : aux élections
qui suivirent, il fut nommé député. On dit
alors dans Senlis, en parlant de l'avocat et en
considérant combien vite il avait monté les éche-
lons de la fortune : « Il a un bonheur insolent. »

C'était vrai : on ne réussit pas ainsi. Aucun
de ses calculs n'avait manqué. Tel, un joueur
qui gagne à tous coups.

Même il avait la fortune d'exciter chez ses
concitoyens plus d'admiration que d'envie.
On était fier de lui, dans sa ville natale ; on

espérait que bientôt il tiendrait un rang distingué à la Chambre.

Le succès toutefois ne le grisa pas. Amélie et
lui, résolus à réussir jusqu'au bout, ne perdaient
point de vue que leur situation était précaire
et qu'il leur fallait gouverner la barque, avec
une grande circonspection, pour qu'elle ne
heurtât aucun écueil. Aussi, quand il fut question de partir pour Paris, au moment de la
réunion des Chambres, Amélie comprit-elle,
malgré l'envie qu'elle avait d'aller voir les siens
et de fouler le pavé parisien, que ce serait
une folie d'y prendre une installation.

La députation, en effet, allait ajouter des
charges et diminuer les ressources. Depuis
deux ans on avait pu, sans embarras, payer
les annuités de la terre des Sablons à madame Arnould, et vivre comme à l'ordinaire
à Senlis; mais Henri allait moins plaider; les
députés, à cette époque, ne recevaient aucune
indemnité; il faudrait vraisemblablement avoir
recours au père Ducrest pour fournir tout ou
partie de la rente viagère qu'on devait servir.

— Je resterai ici et, à Paris, tu iras demeurer chez mes parents, dit-elle à son mari.

Celui-ci comprenait que le sacrifice était grand pour Amélie, et lui-même avait un cruel regret de laisser sa bien-aimée femme à Senlis, quand il eût été si heureux de la voir dans une des tribunes du Palais-Bourbon, au moment où il irait choisir sa place, sur un des bancs de l'hémicycle; mais il était obligé de reconnaître que la sagesse voulait qu'il se privât de ce bonheur, et qu'Amélie se résignât, pour cette session, au moins.

— Mais l'année prochaine, lui dit-il, par exemple, nous irons à Paris ensemble! Je ne veux pas que nous soyons séparés; je veux que tu aies ta part de la victoire; et puis, j'ai besoin de toi; car c'est bien la chose la plus exacte du monde que tu es la moitié de moi-même.

— Oui! oui! l'année prochaine nous tâcherons! Mais cette année il faut marier tes sœurs; à la Chambre, d'autre part, tu resteras vraisemblablement dans l'observation et l'expectative.

— Je demanderai un congé d'un mois et je reviendrai ici, vous voir, et plaider celles de mes causes que Sardevet pourra faire remettre.

— A Paris, chez mes parents, tu te contenteras de l'unique chambre qu'ils peuvent te donner. C'est la chambrette où nous couchions ma sœur et moi. Mais tu auras le reste de l'appartement, qui sera commun, et que mon père et ma mère s'arrangeront pour te laisser à l'heure où tu auras des visites à recevoir : le matin, avant la Chambre, je crois ? Tu trouveras tes repas aussi à la maison ; de cette manière, tu ne dépenseras presque rien.

— Et toi, ici ?

— Moi, je tiendrai ma maison à Senlis exactement comme d'habitude ; je continuerai à recevoir tous les soirs. Les Sablons seront fermés ; le jardinier auquel nous avons affermé les produits de la réserve, moyennant l'entretien et une redevance en légumes et en volailles, gardera le château et viendra m'en donner des nouvelles, en m'apportant ses denrées ; de temps en temps, d'ailleurs, ton père y pourrait aller voir. Au printemps, j'y retournerai au contraire et fermerai la maison de la ville.

Ces projets eurent l'approbation de la famille Ducrest ; et madame Ducrest la mère déclara même que sa belle-fille avait décidément plus d'esprit de conduite qu'on ne l'aurait cru.

Henri partit seul ; Amélie ouvrit sa maison de ville et y vit naturellement doubler les visiteurs.

Le temps de cette session cependant ne devait pas s'écouler comme on l'avait arrangé. A son retour, vers le milieu de l'hiver, Henri rapporta de Paris des nouvelles assez fâcheuses touchant la santé de M. Langlé.

— Ton père a beaucoup vieilli, dit-il à Amélie; on ne saurait dire qu'il est malade; aussi ne suis-je pas étonné de ce que ta mère n'y voit pas grand'chose; mais pour moi, sans vouloir t'inquiéter à son sujet, je crois devoir t'avertir.

— Il faudra, dit Amélie, les ramener tous deux, mon père et ma mère, quand tu reviendras, à la fin de la session. Nous leur ferons passer une bonne saison à la campagne.

Henri ne voulut pas dire à sa femme que la fin de la session était encore éloignée et qu'elle ferait mieux de venir à Paris; d'abord pour ne pas l'effrayer de l'état de M. Langlé, qui peut-être n'avait rien de grave; ensuite parce qu'il craignit qu'Amélie ne crût qu'il n'adoptait pas de bon cœur l'idée de faire venir sa famille aux Sablons, pendant la belle saison.

Cependant il n'avait eu que de trop justes pressentiments. M. Langlé eut une attaque de paralysie presque au lendemain du retour de son gendre à Paris; et Amélie dut accourir en toute hâte, après avoir confié son fils à sa belle-mère. Sa sœur arrivait presque en même temps d'un autre bout de la France, et aussi son frère Charles, qui était procureur du roi à Avranches.

Tous trois trouvèrent leur père vivant, mais ne laissant plus d'espérance. Il eut à peine le temps de les reconnaître et de les bénir; et huit jours après, les trois enfants en deuil se trouvèrent seuls avec leur mère, dans l'appartement de la rue Serpente.

M. Langlé, on le sait, n'avait d'autre fortune que sa place. Sa veuve restait donc avec sa modique dot, pour toute ressource : on la plaça en viager pour lui faire douze cents francs de rente.

— Ma mère, dit Amélie, — après les premiers jours donnés à la douleur et quand il fut question des arrangements de famille à prendre en conséquence du triste événement qui venait de se produire, — ma mère pourrait conserver son appartement à Paris et venir demeurer avec nous ; pendant la session, nous descendrions ici ; et elle tiendrait la maison comme elle a coutume de le faire ; après, elle viendrait avec nous aux Sablons.

Cet arrangement convenait à Henri et fut accepté, de tout cœur, par madame Langlé. Charles et sa jeune sœur approuvèrent, et il fut entendu qu'aux vacances suivantes ils viendraient, eux aussi, passer quelque temps aux Sablons.

Amélie resta près de sa mère et de son mari jusqu'à la fin de la session; mais son grand deuil la retint rue Serpente plus retirée qu'elle n'eût été dans sa province. A peine alla-t-elle deux ou trois fois à la Chambre, pour voir siéger son mari.

Dans les premiers jours de juillet, Henri Ducrest regagna Senlis avec sa femme et sa belle-mère. Ils agitèrent, chemin faisant, la question de savoir s'il fallait, ou non, garder la maison de Senlis quand on avait déjà château à la campagne et appartement à Paris. Tous ces frais étaient lourds.

— Cependant, dit Henri, il me faudra toujours à Senlis mon cabinet d'avocat et un pied-à-terre, pour recevoir mes électeurs.

— Oui; mais il suffirait alors d'une antichambre avec un salon d'attente et un cabinet; au besoin, tu pourrais reprendre ton appartement de garçon chez ton père; quand tes sœurs vont être mariées, sa maison sera trop grande.

8

— Qui sait si, mes sœurs mariées, mon père gardera son étude? Et puis alors tu n'habiterais plus Senlis, tu irais de la campagne à Paris : c'est la perte de ton salon à Senlis; et dans ma situation, est-il sage d'abandonner son centre d'action ?

Il fut donc décidé qu'on garderait la maison de Senlis; qu'on vivrait en famille au château; qu'on aurait l'appartement de Paris, lequel d'ailleurs ne coûterait rien de plus, puisque madame Langlé continuerait à en payer le loyer sur son modique revenu.

Pendant cette session, comme il fallait s'y attendre, le nouveau député ne s'était pas mis en avant; il s'était borné à observer le monde politique, assez nouveau pour lui, à se faire connaître comme un travailleur dans les bureaux, à faire de son mieux les affaires de ses électeurs. En même temps il avait obtenu de l'avancement pour le conservateur des hypothèques et la promesse d'une des premières sous-préfectures vacantes pour son secrétaire Sardevet. En somme, il n'avait pas perdu son temps.

Les mariages des deux demoiselles Ducrest se firent au mois de septembre. Les familles

des deux prétendus et la famille Ducrest tout
entière se trouvèrent alors réunies au château des Sablons, qui était à peine assez grand
pour les contenir. A cause du deuil il n'y eut
pas de fêtes ; mais le séjour prolongé d'un si
nombreux personnel ne laissa pas de causer une
assez forte dépense au ménage du nouveau député. Quand les jeunes époux furent partis avec
leur famille, la sœur d'Amélie vint avec son
mari et un petit enfant, puis son frère Charles,
qui était resté le meilleur ami d'Henri.

La vie intime recommença, et sans le crêpe
de deuil jeté par la mort récente de M. Langlé
sur toute la famille, ce temps eût été un temps
heureux.

Mais où était-il le père, le chef de famille sous
les yeux duquel s'était noué l'amour d'Amélie et
d'Henri?.. On sentait à table sa place vide, quand
le soir on se retrouvait, comme jadis rue Serpente. Cependant il aurait été si heureux de se
trouver là présidant cette table : son fils, ses filles mariées, sa femme bien-aimée, deux petits-enfants,
et tout ce monde ayant pour soutien social, pour
protecteur à venir, l'un de ses gendres, déjà parvenu aux honneurs sociaux, en route pour arriver

aux situations les plus brillantes. Il avait eu le temps de voir Henri député ; mais il n'avait pas joui de l'ensemble des résultats acquis : il ne s'était jamais trouvé au milieu de toute sa famille réunie; et comme le cadre eût ajouté au tableau !

Hélas ! sur cette terre décevante, jamais le bonheur n'est complet. Le père n'avait pu le sentir en plein avant de mourir, et la famille, au moment de l'éprouver, voyait qu'il lui manquait le père.

Cependant, il y avait à l'entour des hôtes du château des Sablons une telle atmosphère de bien-être moral et matériel, que la douleur de la veuve et des enfants se fondait en un nuage de mélancolie.

Jamais, depuis qu'ils étaient devenus frères, Charles et Henri ne s'étaient retrouvés aussi longuement dans l'intimité. Depuis longtemps aussi madame Langlé n'avait pas vécu avec ses enfants, qui s'étaient dispersés. Elle berçait avec joie ses petits-enfants ; elle jouissait de la campagne comme en jouissent les Parisiennes, qui ont toutes la passion des arbres et des fleurs. Henriette Langlé, devenue madame Lemot, en était encore aux charmes de la lune de miel ; et quant à Amélie, c'était avec une satisfaction indicible qu'elle s'empressait aux soins du ménage, veillait à tout, initiait sa mère au peu qu'elle savait elle-même de la vie rurale ; la préparait à la vie de province ; voyait sa jeune sœur courir les prés et les bois comme une enfant, les yeux brillants, les joues empourprées ; enfin que, de temps à autre, elle prenait sa part d'une bonne causerie entre son frère et son mari.

Par un beau jour d'octobre, ils étaient restés tous les trois sur la terrasse, à l'entour d'un guéridon sur lequel on avait servi le café, après le déjeuner.

— Quelle charmante résidence, dit Charles Langlé. C'est la vie anglaise, la vraie vie ! Londres pendant la saison et le manoir après. Sûrement, vous partirez d'ici directement pour Paris à l'ouverture de la session ?

— Euh ! nous serons problablement obligés de passer un mois à Senlis.

— Ah ! comme à votre place je n'irais pas à Senlis. A Senlis ! autant dire à Avranches. J'adore la campagne, mais la petite ville m'est odieuse.

8.

Amélie sourit.

— Mais mon ami, et les électeurs! et les affaires! Les électeurs veulent 'qu'on les visite et qu'on les reçoive, et c'est juste, vraiment. Pour les procès, après les avoir fait remettre, il faut pourtant les plaider.

— Tu as raison! répondit Charles qui se prit à rire de lui-même; c'est, dit-il, que j'avais oublié ici, dans ce paradis, les obligations ennuyeuses avec lesquelles il faut compter dans la vie.

— Oui, reprit Henri; tout cet ensemble de choses fatigantes, et lourdes, avec lequel on paye quelques jours de liberté, de calme et de bonheur, et dont il ne faut pas se plaindre quand sur les douze mois de l'année, il vous en laisse un ou deux.

— Je crois bien qu'il ne faut pas se plaindre des obligations qui nous incombent! s'écria vivement Amélie. Quand on voit ce que la vie est pour le commun des mortels et ce qu'elle est pour nous, on serait tenté de croire que la Providence a vraiment ses enfants gâtés: tout aux uns! rien aux autres! Voyez toutes ces pauvres femmes de province: la plupart naissent, vivent et meurent sans avoir connu autre

chose que la résignation et le travail. Pour
les hommes, ne dirait-on pas, le plus souvent,
des bœufs de labour? Et quand je parle des
provinciaux parce que mon esprit se reporte
sur la petite ville voisine, ne devrais-je pas
parler de l'ensemble de la nation, de l'humanité? Qui donc a un douzième de repos et de
bien-être dans sa vie? De rares favorisés du
sort! Qui donc a un travail qui lui plaît, qui dé-
veloppe ses forces intellectuelles, qui fatigue
sans accabler, enlève vers les sommets au lieu
de river au sol comme à un boulet? Ah! bien
peu! Combien réunissent les joies intimes du
foyer et les satisfactions de l'orgueil et de l'ambition. Ah! personne! personne!.. Nous sommes
trop heureux, et parfois notre bonheur m'effraye.

— Et pourtant, reprit Charles en envelop-
pant d'un bon regard sa sœur, son beau-frère,
son neveu qui jouait non loin de là, ce bonheur
repose sur les bases les plus solides qu'il y ait
au monde...

— Au monde! peut-être! Mais il n'y a rien
de solide au monde.

— Allons donc! ne tournons pas à la mélancolie en célébrant notre bonheur, dit Henri,

Mais la conclusion, mon ami, c'est qu'il me faut bien tenir mon balancier ; car je manœuvre en ce moment sur la corde raide...

— Oh ! maintenant tu es arrivé !

— A la condition de défendre mon mandat contre mon concurrent, mon sous-préfet, mon préfet et le ministre de l'intérieur ; de conserver ma clientèle et ma voix ; de gagner dix mille francs par an, à la pointe de ma langue, pour joindre les bouts de l'année en payant mon loyer à Senlis, notre séjour à Paris, en pourvoyant à toutes les dépenses de la députation ; à condition de gagner en plus, ou de trouver, en attendant que je les gagne, six autres mille francs pour payer la rente viagère avec laquelle j'ai entrepris d'acheter ce château...

— Oui, répondit Charles ; c'est bien le mot : tu manœuvres sur la corde raide, et il ne faut pas avoir le vertige ! Mais cette situation n'aura qu'un temps. Tu feras fortune.

— Et quand ? et comment ?

— Tu seras ministre !

— Eh bien, après ? La vie publique entraîne-t-elle, avec soi, les flots du Pactole ? Tu es hou-

nête homme. Ne penses-tu pas, avec moi, que
la députation ne doit pas être un moyen de
faire fortune.

— Oui ; mais elle peut en être l'occasion.

— Quelquefois.

— Cependant si tu n'avais point d'espérance
de ce côté, tu aurais tort de poursuivre la vie
politique ; car ce serait le désastre certain. Et
tu as un fils.

— Mon fils fera comme son père ; il aura
l'éducation, le pain quotidien dans la famille,
et il travaillera.

— Ce que tu dis là est beau. Il n'y a
peut-être pas deux hommes qui ne rêvent pour
leur fils un avenir plus doux et plus facile
que le leur.

— Ils ont tort. Les hommes ne valent que
par le travail et l'effort. A chaque génération
sa part de labeur ; et, si j'arrive à donner à
mon fils l'éducation complète des hommes de
son temps, à y joindre ces leçons et ces exem-
ples paternels qui sont un véritable trésor ; à
lui ouvrir une carrière, j'estimerai en avoir
fait un des heureux de ce monde.

— Certainement, dit Amélie.

XIII

Les choses en étaient là, et toute cette famille vivait en paix dans un doux bien-être en gravitant autour du jeune chef qui la soutenait de ses efforts, quand il arriva une chose bête.

Henri Ducrest employait ses jours de vacances ou de congé à plaider les causes de sa clientèle. Un jour du mois d'août, qu'il venait de parler longtemps et avec animation, comme il quittait la barre, tout ruisselant de sueur, il fut arrêté par un client qui se mit à lui expliquer son affaire.

— Permettez, lui dit-il, que j'aille changer...

Mais le client :

— Une minute, et c'est fini.

La minute dura une demi-heure. Il y avait un courant d'air.

Quand Henri sortit du Palais il ne suait plus; même, il avait froid malgré la température. Il marcha pour se réchauffer et ne se réchauffa pas. Il grelottait en arrivant au château, mangea sans appétit, puis fut pris d'une chaleur intense et sèche. A minuit il avait le délire. On courut à la ville, mais à sept heures seulement arrivait le médecin, qui déclarait une fluxion de poitrine.

Dirai-je les angoisses d'Amélie, de toute la famille Ducrest? Dirai-je les soins dont le mari, le fils et le frère fut entouré? Comment tous ceux qui n'étaient pas là arrivèrent? Les prières qui montèrent au ciel? Non. Henri Ducrest était la Providence de tous; et tous l'aimaient. Il mourut cependant.

Il mourut! oui! ces choses arrivent... et un jour Amélie, malgré ses veilles, ses efforts, ses appels au Dieu secourable des épouses et des mères, le vit étendu, raide, glacé, inerte, sous les plis d'un suaire, entre deux cierges, un rameau de buis et une croix sur la poitrine.

Oh ! grand Dieu ! grand Dieu !

Les voisins, les paysans des alentours entraient dans la chambre mortuaire, et trempant les rameaux dans l'eau bénite aspergeaient le corps !

Amélie regardait atterrée, stupide ; puis, de temps en temps, se prenait à crier de douleur. Alors son fils se jetait dans ses bras et criait aussi.

Quoi ? Était-ce donc vrai ? Huit jours avant, il était plein de vie, de santé, de jeunesse et d'énergie. Et maintenant ?

Comment cela était-il arrivé ? On n'avait pas eu le temps de le savoir. Un mal subit : une médication rapide, violente et pourtant impuissante !

A peine au cours de ce tourbillon de douleur le malade — le moribond — avait retrouvé un instant lucide. Il ne pouvait plus parler ; mais il comprenait... D'un geste il appela sa femme et son enfant près de lui : plus près... les serra d'une main déjà raidie ; les enveloppa, eux d'abord, puis tous ceux qui étaient là, puis toutes les choses qui l'entouraient d'un regard désespéré.

Amélie, comprenant elle aussi, au milieu de son horrible douleur, l'angoisse exprimée par ce regard du mourant, s'était écriée :

— Compte sur moi, ami !

« Compte sur moi ! » elle avait crié, à la suprême question du mourant, la réponse qui jaillissait de son cœur. Mais sa pensée même n'était pas éveillée. Elle était trop écrasée sous le coup pour en voir les conséquences.

Tout s'effondrait avec cet homme. Confusément elle le sentait ; mais l'écroulement de son bonheur lui laissait bien oublier celui de sa fortune !

Henri fut enterré au cimetière prochain par l'expresse volonté de la veuve, qui ne parut pas comprendre l'insistance de la famille pour ramener le corps à Senlis.

Et quand tout fut fini, la famille se dispersa. M. et madame Ducrest s'en retournèrent chez eux ; les sœurs près de leurs maris, laissant la veuve s'enfermer dans la retraite pour donner un libre cours aux premiers élans de sa douleur.

Amélie, surprise en plein bonheur par cet épouvantable désastre, eut de véritables transports de désespoir ; puis tomba dans une prostration morne. Elle semblait ne plus avoir conscience des choses réelles. Sa mère, restée seule avec elle au château après le départ de toute la famille, lui prodiguait des soins sans qu'elle y parût prendre garde. Les larmes, qui sont la détente des grandes douleurs, ne voulaient point venir.

— Si elle pouvait pleurer, disait madame Langlé.

Mais non. Amélie ne pleurait pas, ne se jetait pas éperdue dans les bras de cette mère adorée, encore frémissante, elle aussi, dans son deuil de veuve. Amélie se levait le matin, allait au cimetière restait des heures sur la tombe, l'œil fixe et les mains pendantes. A peine elle semblait entendre son fils quand il venait l'appeler et la tirer par sa robe noire. Alors elle le suivait et rentrait, se mettait à table et se couchait, mécaniquement, comme une pendule marque l'heure.

D'ailleurs, elle laissait aller la maison comme à l'ordinaire, sans plus s'inquiéter de rien. Madame Langlé faisait de son mieux, c'est-à-dire surveillait les domestiques, donnait les ordres; parlait à l'enfant. C'était tout. Et les jours de deuil se succédaient sombres et uniformes.

Ce fut une visite de M. Ducrest père qui sonna l'heure du réveil.

— Eh bien ! ma pauvre fille, comment allons-nous faire maintenant ? demanda-t-il à Amélie.

Et celle-ci, les yeux vagues et le cerveau vide lui répondit :

— Je ne sais pas !

— Ma chère fille, voilà sept semaines que la mort de votre mari a entraîné notre désastre à tous, et nous n'avons pas le temps de nous attarder à notre douleur. Il faut pourvoir à l'effondrement général, sauver les épaves qui peuvent l'être, liquider en un mot la situation terrible où nous a mis l'imprudence d'Henri et ma faiblesse. Nous sommes tous ruinés, vous le savez.

Amélie fit un signe d'acquiescement ; puis un autre mouvement de tête qui voulait dire :

— Que m'importe la ruine !

— Oui ; mais il faut aviser, reprit le beau-père. D'abord quitter ce château que vous n'avez plus le moyen d'habiter, qu'il faut rendre à sa propriétaire la veuve Arnould, parce que ni vous ni moi ne pouvons payer les annuités, et qui aura englouti une vingtaine de mille francs, sans qu'il vous en reste rien.

Amélie jeta un regard autour d'elle, et des larmes enfin lui remplirent les yeux.

— Ah ! je conçois qu'il soit dur de reprendre le collier de misère ! Mais c'est à quoi l'on s'expose quand, au lieu de conduire sa vie selon les règles de la sagesse, on la joue quitte ou double, comme un louis sur le tapis vert.

— Vous vous trompez sur le sens de son émotion, dit madame Langlé, qui comprenait sa fille, blessée dans toutes ses délicatesses par les paroles brutales du vieil avoué. Amélie pleure non le luxe qu'il va falloir quitter, mais la maison où elle a été heureuse.

Les pleurs de madame Henri Ducrest redoublèrent : oui ! c'était bien cela ! Tout à coup le mirage du bonheur envolé lui était apparu, et un grand déchirement s'était fait en elle à l'idée d'en abandonner le cadre. Dieux ! tout était fini ! bien fini ! Sa belle vie passée allait devenir comme un rêve !

— Sans doute ! sans doute ! reprit le beau-père. Et moi donc, croyez-vous que je ne suis pas malheureux ? Avoir placé toutes mes espérances sur la tête d'un fils unique, l'avoir vu un moment au pinacle, et puis penser qu'il ne restera rien de sa gloire d'un jour, qu'une veuve et un enfant sans pain !

— Sans pain ?

— Et avec des dettes ! Calculez, madame Langlé : Henri vivait, au jour le jour, de ce qu'il gagnait ; il gagnait gros, mais il dépensait à pleines mains : maison à Senlis, maison à Paris, château à la campagne, et avec cela un train de maison, des domestiques, du luxe... Conclusion, un passif à combler, et rien à l'actif, rien !

— C'est vrai ! sous le malheur immense, il y a le désastre, comme vous le disiez tout à l'heure ; et, en effet, il faut aviser. Mais ma fille et moi savons vivre de peu...

— De peu, je le veux bien ; mais quand il n'y a rien...

— J'ai douze cents francs de rente.

— Et avec cela, ce sera beau si vous pouvez vivre vous-même en vous mettant quelque part en pension...

— Je ne veux pas quitter ma mère, s'écria Amélie qui sanglotait maintenant après avoir pleuré.

— Allons ! allons ! ma chère, calmez-vous,

reprit M. Ducrest. Je vous laisse à vos réflexions.
Je regrette même d'avoir été forcé de les pro-
voquer ; mais nous n'avons pas le temps
d'attendre pour être sages. En somme, voici
ce que je vous propose : venez à la maison,
ma chère bru, mon foyer vous est ouvert et
votre belle-mère vous recevra cordialement.
Nous mettrons Raoul au collège et j'opérerai
le mieux possible votre liquidation...

Amélie pleurait toujours. M. Ducrest se leva
en priant madame Langlé de lui écrire le lendemain pour lui faire connaître le jour où sa
fille serait prête à quitter le château des Sablons.

Quand il eut disparu, Amélie se jeta éperdue dans les bras de sa mère, et les deux
femmes se tinrent longtemps embrassées. Elles
ne se parlèrent pas ; mais il se fit dans tout
leur être une fusion suprême, puis un pacte,
une alliance indissoluble. Ce qu'elles feraient
toutes deux, elles ne le savaient pas encore ;
mais assurément, quoi que ce fût, elles le
feraient ensemble et en gardant Raoul.

XIV

Le lendemain, après avoir laissé un libre
cours à ses larmes, Amélie se retrouva elle-
même. Sous sa douleur immense, sa clair-
voyance et sa force d'âme se réveillèrent. Pendant la période heureuse de sa vie où toutes les
facultés de son être s'étaient normalement
développées, elle avait amassé des forces
latentes qui se levèrent tout à coup à l'appel
de sa volonté.

Désormais, elle se sentait comptable de l'avenir de son fils et de sa propre destinée. Veuve,
elle devenait le père en même temps qu'elle
restait la mère. Il lui fallait assurer la vie

matérielle de Raoul certainement, mais aussi
son développement intellectuel.

Or rester à Senlis dans la maison de son
beau-père, et laisser ce dernier pourvoir à l'é-
ducation de Raoul, c'était résigner en somme
ses droits de tutelle, c'était abdiquer son rôle
de mère, c'était livrer, enfin, son fils à la famille
de son mari et accepter, pour elle, la plus dure
des existences. Bru, veuve et sans dot !!! Quel
rôle pour une Parisienne dans une famille de
province qui aurait vite oublié le lustre acquis,
les tours de force accomplis, les succès rem-
portés, grâce à l'amour et au courage qu'elle
avait inspirés, pour ne compter qu'avec le
présent, pauvre et difficultueux ; et qui, instinctivement, ferait toujours retomber sur l'étrangère la responsabilité de la partie perdue !

Non ! non ! elle ne resterait pas à Senlis.
Jamais, jamais !

Elle écrivit à son beau-père :

« Je vous remercie, mon cher père, et de
m'avoir rappelée au sentiment de la réalité,
et de m'avoir offert une place de bru à votre
foyer. J'apprécie, croyez-le bien, ce que vous
voulez faire pour mon fils et pour moi. Pour-

tant, excusez-moi, et faites agréer mes excuses à ma seconde mère, mais je ne l'accepterai pas. Ma situation est déplorable, je le sais; cependant je ne la vois pas, comme vous, désespérée. Je vais partir pour Paris avec ma mère et avec mon fils. Je verrai les vieux amis de ma famille; je les consulterai sur les moyens d'élever mon fils et de tirer parti des débris de ce qu'il me faut appeler aujourd'hui notre fortune. Alors et après mûr examen, je prendrai un parti que je vous exposerai, mon cher père, car votre opinion et vos conseils seront toujours pour moi d'un grand poids. »

A la lecture de cette lettre, M. Ducrest entra dans une violente colère. Quoi! cette femme, qu'il croyait à sa merci, se levait devant lui comme une individualité et n'acceptait ses décisions que comme des conseils qu'elle se réservait d'examiner! Quoi! cette étrangère qui avait pris son fils, semblait avoir encore la prétention de lui prendre son petit-fils? Elle partait pour Paris avec sa mère, avec « son fils » et pour consulter « ses amis! » Pour le coup, c'en était trop, et M. Ducrest courut aux Sablons, où il éclata.

— Que j'aie été assez faible pour céder aux séductions d'un fils unique et pour lui laisser gouverner sa vie en casse-cou, c'est déjà trop! s'écria-t-il, et je me le reproche amèrement. Mais ce fils avait du talent; il était l'honneur et la gloire de sa famille. S'il jouait, il pouvait gagner, et c'était notre fortune à tous! Mais vous, à quel titre et dans quel but voulez-vous tenter la destinée? Comptez-vous sur votre travail, pour élever votre fils? sur votre habileté pour conquérir la députation et le ministère? Non! je ne vous laisserai pas courir les aventures politiques et financières, madame, et y exposer mon petit-fils!

Amélie laissa passer la bourrasque, puis:

— Vous ai-je donc, jusqu'à présent, donné des preuves d'incapacité si notoires qu'il faille me retirer la tutelle de Raoul, le gouvernement de mes affaires?

— Je ne dis pas cela; mais c'est à moi, maintenant, qu'incombe la responsabilité de l'avenir de votre fils, et je crois devoir l'assurer par les procédés de la vieille prudence provinciale. Ici, je suis sûr de faire faire à cet enfant ses classes, sans trouble; de pourvoir à ses besoins, de lui conserver dans le monde une situation modeste, mais honorable.

— Et vous pensez apparemment, qu'avec moi, Raoul ne ferait pas ses classes et manquerait du nécessaire ?

— Je sais que n'ayant pas de quoi vivre vous-même, vous ne pouvez assurer la vie d'autrui, puisque vous voulez que je vous le dise; et j'en conclus que vous comptez, pour y pourvoir, sur les hasards de la fortune.

— Vous vous trompez ; je compte sur une bonne et sage administration de ce qui me reste...

— Ce qui vous reste !

— Sans doute ! Il n'est pas prouvé que la liquidation de l'avoir de la communauté, pour parler le langage du droit, me laisse absolument sans ressources et sans espérances ; et puis, à son acquit matériel, mon mari ajoutait son acquit moral, si je puis m'exprimer ainsi ; c'est-à-dire l'ensemble des relations qu'il s'était créées, de ses titres, de ses influences...

— Vous demanderez un bureau de tabac ?

— Non ; à moins d'y être forcée. Mais s'il le fallait... Mon fils, d'ailleurs, comme petit-fils d'un des principaux chefs de service du ministère de l'instruction publique, a droit à une bourse...

— Misérables ressources dont il est plus digne de ne pas user.

—Aussi n'en userais-je qu'à la dernière extrémité.

— Et ici, que dirait-on de moi? « Ducrest a renvoyé sa belle-fille traîner la misère à Paris ; il a mis son petit-fils à la charge de l'État... »

— Que vous importe ! Quoi qu'on fasse, est-ce qu'on ne « dit » pas toujours !

— Mais on aurait raison de dire. Aussi, bien décidément, je garde mon petit-fils. Si vous voulez partir, je le regretterai, mais...

— Sérieusement, est-ce que vous croyez que je partirais sans mon enfant?

— Alors, restez.

— Vous m'avez dit de réfléchir. Aujourd'hui, à mon tour, je vous demande de penser au sens des choses que vous me dites, et à leur sanction. A moins que vous ne demandiez, et qu'un conseil de famille ne vous accorde, une déchéance civile et une interdiction, je ne

vois pas comment vous pourriez vous opposer à mon départ avec Raoul.

— Oh! je n'entends point nous donner en spectacle à la malignité publique ; mais il me semblait
que, peut-être, mes bienfaits passés, ma protection future, devaient me donner quelque autorité.

— Vous en avez beaucoup, je vous assure ;
cependant, il est de si grands intérêts que
nulle autorité ne saurait prévaloir, avant que
la réflexion n'ait conseillé l'obéissance. Je puis
croire que vous vous trompez...

— Pas plus que je ne me trompais quand je
refusais jadis de consentir à un mariage d'a-
mour qui était une folie.

— Cette réponse suffirait à m'ouvrir les yeux
si j'étais assez aveugle pour ne pas comprendre
où nous mènerait, mon fils et moi, le renoncement à mon libre arbitre et l'abdication de
mon indépendance. Pour vous, le mariage de
votre fils n'a jamais cessé d'être une folie,
parce que je n'avais pas de dot ! Pas de dot !..
C'est un crime initial, un péché originel que
rien n'efface à vos yeux. Et aujourd'hui, peu
vous importe qu'il ait été heureux, qu'il ait,
par moi et pour moi, monté plus haut et plus

vite que vous n'étiez en droit de l'espérer.
Mieux eût valu qu'il épousât sans amour telle
fille bien pourvue du côté de la fortune, et
qu'il ne connût aucune des joies de la vie. Il
aurait pu mourir de même, soit d'une fluxion
de poitrine, soit d'autre chose, après avoir
traîné, triste et déçu, le boulet d'un labeur
obscur... Mais sa veuve aurait « du pain sur
la planche » et son fils un patrimoine.

— Nous sommes terriblement prosaïques en
province; mais...

— Eh bien! si désolée que semble en ce
moment la situation, moi, je la trouve meilleure
pour mon fils, qu'elle ne le serait dans le cas
que vous regrettez. Je me compte pour quelque
chose, que voulez-vous? et je crois que ma
volonté, mon courage, mon dévouement mater-
nel sont un avoir appréciable; que la situation où était parvenu mon mari compte pour
un apport...

— Avec lequel assurément vous payerez vos
créanciers, le collège de votre fils, votre loyer
et votre boulanger.

— J'essayerai! et si je ne réussis pas, il sera
temps de vous ramener Raoul en pleurant.

— En somme, que ferez-vous ?

— Je verrai.

— Vous... travaillerez ?

— Si je puis ; mais le travail d'une femme est une maigre ressource.

— Alors vous vous...

— Ah !

— Mais ?..

— J'élèverai mon fils, et je lui ferai la situation qu'il pouvait prétendre de son père ! Comment ? je ne le sais pas encore ; mais cela se fera, voilà tout !

Amélie, les yeux brillants, les lèvres frémissantes, s'était levée tout à l'heure comme cinglée par le coup de fouet de l'injure. Elle retomba maintenant sur son siège, pâle et brisée par cette explosion d'énergie. M. Ducrest aussi s'était levé. Il la regarda un moment sans rien dire, lui vit des larmes dans les yeux, et sortit.

XV

Comment elle ferait? Non, en vérité elle ne le savait pas ! Mais, tout à coup, sous la pression de la menace de voir son fils passer entre les mains de la famille de son mari, une volonté souveraine s'était levée en elle; l'épouse brisée se relevait chef de famille.

Dès le soir même Amélie Ducrest et sa mère tinrent conseil.

Pour ressources, elles avaient les douze cents francs de rente viagère de madame Langlé; le mobilier de la maison de Senlis; les fermages du château des Sablons.

Comme charges et comme passif, elles

avaient une lourde annuité de six mille francs
à payer pour conserver le château ; une année
de loyer à payer pour la maison de Senlis ;
tous les frais d'une liquidation et d'un changement de situation et de résidence.

Et il fallait vivre !

Comment faire ?

L'avis de M. Ducrest père, il l'avait assez
fait connaître, était de rendre le château des
Sablons à sa propriétaire, en abandonnant les
annuités payées ; car d'en faire rembourser
tout ou partie, il n'y avait point d'espérance.
Cette résolution lui crevait le cœur ; d'abord
il y avait là dix-huit bons mille francs de perdus, dont six, les derniers, payés de sa poche ;
ensuite que ne dirait-on pas dans le pays ?
c'était l'aveu de la ruine, car on n'abandonne
pas une affaire, comme celle que feu Henri
Ducrest avait conclue avec la vieille propriétaire de bien d'émigré, sans y être forcé.

Mais de ce qu'on a fait une folie ce n'était
pas une raison pour s'engager dans une suite
de folies. De ce qu'on « avait tenté Dieu »
parce que l'on gagnait, à tous coups, sur le
tapis vert du hasard, ce n'était pas une raison

pour jeter, un à un, tous ses louis à la roue de
la fortune. Si la vieille propriétaire vivait longtemps, ce château des Sablons pouvait devenir un gouffre où s'enfouiraient, année par
année, les ressources de toute la famille.

Et d'ailleurs qui payerait? Ce n'était assurément ni son gendre, ni Charles Langlé, ni
le mari de la jeune sœur d'Amélie. Tous
avaient juste de quoi vivre avec ordre et économie. Dans quel but, d'ailleurs, former une
sorte de syndicat de famille pour conserver la
terre des Sablons? Pour l'avoir un jour à titre
indivis entre six ou huit copartageants? Mais
alors la part de chacun ne vaudrait pas les
efforts et les privations qu'elle représenterait.
Autant l'affaire pouvait était belle et sérieuse
pour Henri Ducrest, qui avait besoin de payer le
cens électoral, auquel un certain cadre social était
nécessaire, dont l'avenir semblait promis à la
fortune, autant elle devenait sans intérêt pour
deux familles nombreuses et disséminées.

Quant à lui, M. Ducrest père, il ne pouvait
risquer de mettre sa femme et lui sur la paille,
pour parier, avec la fortune, à qui mourrait le
premier de lui ou de la vieille madame Arnould;

et il aurait fallu qu'un bon avoué de soixante
ans fût devenu fou à se faire interdire, pour
payer six mille francs par an, ou même trois
mille, fermages déduits, la chance d'être
châtelain six mois avant sa mort et de pouvoir
laisser une terre de cent mille francs à un
gamin qui avait une Parisienne pour tutrice!

Tout autre était le sentiment d'Amélie.

Certes, tous les raisonnements qui précèdent,
elle se les était faits. Oui, tenter de poursuivre
l'acquisition de la terre des Sablons, au prix
d'efforts inouïs, était une folie insigne! Et où
qu'elle allât consulter, on le lui dirait. Oui,
une veuve non seulement sans fortune, mais
même sans ressources, devait avant tout se
garder de toute entreprise aléatoire. Il n'y
avait point de doute là-dessus.

Et pourtant! Pourtant, je ne sais quel instinct la poussait à poursuivre le jeu de son
mari. En somme, hormis la chance de devenir
propriétaire effective et réelle de la terre des
Sablons, quel espoir pouvait avoir madame Henri Ducrest de sortir de la pauvreté? de la pauvreté inexorable et irrémé-
diable qui est, pour les êtres obligés à la lutte

sociale, comme la pierre au cou du nageur jeté à l'eau.

Elle la voyait dans toute son horreur, cette pauvreté, à l'horizon de son avenir. Son fils et elle obligés de compter sur autrui : soit à la charge de sa mère, soit à la charge de la famille Ducrest... Tandis que si, par un effort suprême, par un courage persistant, elle arrivait à payer l'annuité des Sablons, un jour, bientôt peut-être, elle et son fils seraient affranchis, libres, pourvus de cet apport social qui sert de levier à la bourgeoisie.

Elle osa faire part à sa mère de ces pensées qui la hantaient. Mais l'étonnement profond de madame Langlé la tint en échec.

— Quoi ! lui dit-elle, tu penserais à tenter de payer six mille francs par an, quand nous en avons mille deux cents tout juste pour vivre tous les trois ?

— Ma mère, en déduisant les fermages, ce ne serait plus que trois mille francs à trouver.

— Et les impôts ? et les frais d'entretien ?

— Mettons quatre mille.

— Et où les prendre ?

— Si je le savais, la question de garder les

Sablons ne se poserait pas. Mais pour les premiers, il me semble qu'en faisant argent des
meubles que j'ai à Senlis, je les réaliserais.

— C'est ton unique ressource, et quand tu
l'auras jetée au gouffre, il ne te restera plus
rien...

— J'aurai un an devant moi.

— Oui... mais après !... Ma fille je comprends
trop les sentiments qui t'animent pour te
dire : Ne joue pas cette dernière carte. Mais
alors ne me consulte pas ; fais ce que te dictera
ta conscience maternelle. Quoi que tu décides
je te suivrai et tu n'entendras jamais un reproche. Nous vivrons ensemble, de peu, de
rien... Nous en appellerons à la Providence :
voilà.

Les deux femmes s'embrassèrent comme
s'embrassent deux mères, deux veuves... Elles
allèrent embrasser Raoul dans son berceau.

— Ma résolution sera prise demain, dit
Amélie.

Le jour pâle d'une matinée de novembre se
levait à peine, le lendemain, quand Amélie
Ducrest, enveloppée dans ses vêtements de deuil,

sortit sans bruit de sa chambre, descendit l'escalier du château en regardant toutes choses autour d'elle, comme si elle avait voulu reconnaître des lieux que depuis longtemps elle habitait sans les voir, s'arrêtant, ici et là, en retrouvant des souvenirs accrochés à chaque place, puis ouvrit doucement une porte pour gagner le parc.

Il faisait du brouillard; la dépouille des arbres jonchait les allées, les gazons et les massifs; les dernières feuilles tremblaient au bout des branches. L'humidité froide alourdissait l'opacité de l'air. Amélie se serra dans son châle noir et pressa le pas. Elle allait au cimetière.

Tous les jours elle y allait, depuis que là, gisaient sa jeunesse et son cœur; mais elle y allait alors, seulement, en épouse éperdue; elle elle y allait l'œil atone, la démarche chancelante, absorbée dans l'immensité de son malheur et si étrangère aux choses de ce monde, qu'on eût dit voir marcher une somnambule à travers son rêve.

Ce jour-là, elle marchait droit et d'un pas ferme; sur son visage il y avait une préoccupation profonde. Ce n'était plus la communication instinctive des essences qu'elle allait demander à la tombe de son mari, c'était son esprit qu'elle allait évoquer pour ainsi dire. Là, sur cette tombe, elle voulait prendre les viriles résolutions qui convenaient à la veuve désormais devenue le père et la mère de l'enfant commun.

Le cimetière était encore assez loin du château. A mesure qu'elle marchait, le jour brumeux s'éclaircissait; on devinait même des lueurs de soleil qui essayaient de percer le brouillard. Quand elle arriva, un furtif rayon glissait sur la pierre blanche de la tombe, à travers les rameaux des rosiers qu'elle y avait plantés. On y lisait :

ICI REPOSE HENRI DUCREST

DÉPUTÉ DE SENLIS

MORT A TRENTE-QUATRE ANS

C'était tout. Et sous cette laconique épitaphe, que de choses et que de choses !

Tout avait reposé sur cette tête; sur la jeunesse, l'énergie, le talent de cet homme foudroyé en trois jours. Et maintenant tout était écroulé, et non seulement la fortune, mais surtout le bonheur.

Comme elle l'avait aimé!!! Avant de le connaître, jamais une autre joie que celle de faire plaisir à ses parents, de mettre une jolie robe et un chapeau frais, d'aller au spectacle ou au bal n'était entrée dans son esprit ou dans son cœur. Il était le premier, le seul, qui eût éveillé en elle ce divin sentiment d'amour qui arrache l'humanité aux préoccupations matérielles de sa randonnée de misère, pour l'élever plus haut que la terre, pour la faire accéder aux extases du « par delà ».

O Dieux! comme tout à coup, au rapide éclair d'un rayon qui dorait les rares feuilles des peupliers et teintait de pourpre la pierre de la tombe, elle se ressouvenait de l'émotion qui lui traversait le cœur, de la rougeur qui lui venait aux joues, quand elle entendait le pas d'Henri Ducrest, doublant celui de son frère, dans l'escalier de la rue Serpente !

Elle se pencha pour baiser la pierre, et, en frôlant les branches des rosiers, fit effeuiller deux ou trois des roses pâles courbées sous le poids de la froide rosée de novembre, et, tout à coup, il lui sembla que chacun des pétales, éparpillés sur le sol, lui rappelait un souvenir de jeunesse et de bonheur.

C'était la partie de spectacle improvisée un soir, alors que les deux jeunes gens s'aimaient sans se le dire, sans le savoir même peut-être ! et le gros mélodrame qui les avait fait tant rire ; et le souper si gai fait en famille au retour...

C'était la promenade dans les bois d'Aulnay, le jour où l'on avait été dîner à Robinson. Ah ! le beau printemps ! que la campagne était belle et que l'air sentait bon ! Elle entendait les éclats de rire perlés de sa sœur courant à travers les sentiers, cherchant les fleurs dans l'herbe ; elle revoyait Henri si jeune, si vivant, si plein de fougue et d'ardeur...

Que tout cela était radieux dans le lointain ! Et maintenant...

Mais les pétales roses roulaient au soleil sur la terre brune, et dans les larmes d'Amélie brillaient comme des étincelles de diamant. C'est qu'à travers sa douleur infinie défilaient encore les souvenirs de bonheur.

Son jour de noces ; son départ pour Senlis

10

avec Henri...; ses efforts et ses habiletés pour conquérir une famille hostile, une petite ville défiante.

Il y avait bien eu là quelques moments difficiles et quelques froissements. Mais bah !.. que les larmes passées avaient été vite séchées par les baisers d'Henri ! et combien les froissements avaient été effacés par ses triomphes !

Au total, quelle douce période de sa jeunesse que cette vie de province dans la petite maison du faubourg de Senlis ! Oh ! Henri ! Henri... ! Pourtant c'était lui, la raison d'être de tout ce bonheur. Il avait, comme le soleil, réchauffé et réjoui tous les êtres qui tournaient dans son orbite. Henri ! Henri ! Henri !

Elle l'appelait, et des larmes intarissables et douces, en même temps, ruisselaient sur ses joues.

Elle était venue là pour penser à ses affaires, pour y chercher l'inspiration de ses devoirs de chef de famille, et voilà qu'elle rencontrait, en se heurtant à cette tombe, un attendrissement infini.

C'est que la femme, encore dans toute l'efflorescence de sa jeunesse, éclatait sous la

rigide enveloppe de la veuve. Depuis la mort
de son mari, elle avait passé d'abord par l'ac-
cablement inconscient de l'être qu'un coup trop
violent et trop subit a étourdi, puis par le
rappel âpre et dur à la réalité. Tout à coup son
cœur se fondait et l'évanouissement du bonheur
passé, du bonheur à jamais détruit la laissait
pantelante et brisée.

Oh ! Henri ! Henri ! Henri !

Non ! plus rien désormais... La vie — longue
encore ! — était un désert à traverser. Sans doute,
il restait près d'elle sa mère, son fils : oui !..
et pour eux il fallait être vaillante ! Mais, entre
sa mère et son fils, allait rester vide, pour toujours, cette place si vaste dans le cœur de la
femme, où s'élève le palais habité par l'époux.

Pour toujours ! On n'aime pas deux fois quand
l'amour a été heureux, quand il a porté ses
fruits, quand il a été le pivot de toute l'existence. C'était donc bien fini ; et pourtant elle
n'avait que vingt-six ans !

Le soleil déchirait le brouillard et le ren-
voyait à l'horizon ; la matinée s'avançait ; mais
Amélie n'y prenait pas garde. Toujours accou-
dée à la tombe d'Henri, elle restait la proie

d'une rêverie désespérée au travers de laquelle
le souvenir, en passant, laissait une sorte de
volupté amère.

O jeunesse! ô passé! ô bonheur! ô Henri!

Il fallut, pour l'arracher au cimetière, qu'une
voix d'enfant l'appelât. En constatant son
absence au logis, on avait bien deviné où elle
pouvait être, et Raoul était venu la chercher.

— Mère!...

Elle se retourna, rougit en se sentant surprise, par son fils, en une heure d'abandon où
la femme dominait la mère; puis saisit l'enfant,
l'étreignit en même temps qu'elle étreignait
encore une fois la pierre dressée sur le tombeau, et, Raoul à la main, s'en alla vers le château.

Mais, ce matin-là, rien ne devait éteindre l'explosion des souvenirs. En retournant, tous deux
repassèrent par les lieux parcourus à trois, il y
avait quelques mois, en une inoubliable promenade. Soudain, cet hymne de reconnaissance pour
ce bonheur atteint, réalisé en ce monde, revint
avec sa sublime harmonie, avec son cadre de
verdure et de fleurs. Ce fut comme une apo-
théose éclatant au milieu d'un concert divin;

elle chancela et fléchit au pied d'un arbre, en embrassant son fils avec transport ; des larmes plein les yeux, des sanglots plein le cœur.

Et les rayons du soleil de novembre, rouge tout à l'heure dans ce brouillard, pâlissaient maintenant comme si un crêpe blanc en tamisait l'éclat ; le brouillard était remplacé par des nuages légers qui, de temps en temps, passaient devant le soleil et paraissaient vouloir l'éteindre. De temps en temps, par une éclaircie toute la campagne se déroulait avec ses vastes prairies, ses bosquets encore poudrés de feuilles dorées, roussies et rouges, ses champs labourés.

Voilà donc cette terre qu'une journée de prise de possession, avec Henri et son fils, et qu'une heure d'amour, avaient faite sienne ! Là, à cette même place, les époux s'étaient arrêtés, serrés l'un contre l'autre, en embrassant l'enfant...

Eh bien, non ! cette terre elle ne la quitterait pas... ou du moins, s'il fallait la quitter, elle n'en abandonnerait pas la propriété !

Là où certains élans sont sortis du cœur, là est la patrie !.. le « home » : le centre où s'est

posé le pivot de la vie ! Non ! aux calculs de
la prudence humaine, il faut ajouter le contre-
poids du sentiment, pour compléter le sens profond auquel l'inspiration doit obéir !

Décidément non ! non ! elle ne laisserait pas
s'effondrer l'échafaudage habilement élevé par
son mari, sans y avoir usé au moins jusqu'à
son dernier effort. Et donc ! pourquoi ne réus-
sirait-elle pas à le défendre? Et le courage, et
la volonté, et la Providence, n'était-ce donc
rien !

« A revoir ! Henri !.. » murmura-t-elle, en
envoyant, à travers ses larmes, un dernier baiser
dans la direction de la tombe, et en reprenant
le chemin des Sablons.

XVI

Dès le lendemain, le château fut mis en ordre et disposé, par les deux femmes, comme on fait à la veille d'une longue absence. Toute la domesticité fut congédiée. Le surlendemain elles partirent avec Raoul pour Senlis.

Il y restait, comme on sait, plus d'une affaire à régler : recettes à opérer, paiements à faire ; procès en cours à remettre soit au secrétaire de feu Henri Ducrest, soit aux avocats désignés par les parties : triage et répartitions de dossiers personnellement retenus par l'avocat défunt — sans parler des affaires privées de la famille.

Mais son premier soin fut de passer à une
inspection raisonnée le mobilier de la maison
et d'en faire des catégories.

Il y avait en effet dans sa maison de Senlis
des meubles, des tapisseries des deux derniers
siècles qui avaient une véritable valeur. Cette
valeur, qui serait décuple aujourd'hui, était
réelle dès lors, grâce à M. du Sommerard, dont
l'admirable collection de Cluny occupait tous
les amateurs.

D'ailleurs, les choses vraiment belles et par
la matière et par le travail de l'ouvrier : tapisseries de style exécutées sur des cartons de
maîtres et savamment tissées ; meubles sculptés
et fouillés à plein bois ; étoffes brochées ou
brodées ; vieilles dentelles des Flandres espa-
gnoles, comme en portent les infants de Velas-
quez ; toutes ces choses ont toujours été appré-
ciées des connaisseurs.

Mais la Révolution les avait dispersées comme
une éruption volcanique lance, çà et là, ses
éclats. Des préoccupations violentes et tyran-
niques étaient venues faire diversion au goût
des arts. Les grandes fortunes avaient disparu
ou s'étaient déplacées, et les merveilles du

travail d'autrefois gisaient abandonnées ou méconnues là où le hasard les avait jetées.

Puis, avec la gloire et la victoire, les guerriers et les lauriers, était venue une mode, une manière, — qui n'est pas sans avoir laissé dans les palais impériaux des morceaux exquis, soit dit en passant — mais qui, en revanche, a écrasé le pays de meubles massifs et bêtes et de tentures ridicules.

De là ce désintéressement général du goût, de 1810 à 1848, pour les épaves du style « rococo ». On confondait sous ce vocable, du reste, et le Louis XIII et le Henri II, et le Louis XVI. Et, quand on avait dit d'un ameublement : « C'est gothique » ou : « C'est rococo », on l'avait suffisamment méprisé.

J'ai dit comment, à l'origine, Amélie Ducrest s'était installée ; dans l'esprit de ce qui précède, on comprendra que cette installation ne lui avait pas nui dans l'opinion de la petite ville, et qu'on ne la lui reprochait pas. En effet, on savait les prix de ces choses de l'ancien régime, et on pensa que la jeune madame Ducrest s'était ainsi meublée, par économie.

Mais quand, par la suite, les affaires du

ménage ayant prospéré, on s'attendait à voir l'intérieur s'embellir de meubles en palissandre et en moquette, et qu'on avait vu, au contraire, de nouvelles tentures et de nouveaux objets mobiliers de style « rococo » entrer dans la maison, on avait été surpris qu'une femme d'esprit eût un goût si bizarre.

— Ce sont les romans de Victor Hugo qui lui ont monté la tête pour les vieilleries, se disait-on.

Ceux de Balzac existaient bien alors, mais on les lisait à peine à Paris et pas du tout à Senlis.

D'un œil d'artiste, d'un œil de femme qui admire un joli bijou et s'en éloigne, avec un soupir, parce que sa fortune ne lui permet pas de le posséder : puis, par moment, d'un œil de commissaire-priseur, Amélie inspectait donc ses richesses. Elle allait et venait, du haut en bas de la maison, dans sa longue robe de veuve et avec la coiffure de crêpe qu'il était alors d'usage de porter dans les premiers mois d'un grand deuil. Elle recevait qui la demandait.

Sa mère présidait aux soins des emballages; son beau-père réglait, avec elle, les affaires.

Car ni M. Ducrest, ni personne de la famille, n'aurait voulu qu'on pût soupçonner, à Senlis, qu'il y eût désaccord, au sujet des arrangements pris par madame Ducrest la jeune. On vivait, en apparence, dans la plus grande cordialité. Dans l'intimité, du reste, M. Ducrest n'essayait plus d'entreprendre sur les résolutions de sa belle-fille, bien que sa secrète colère, contre ce qu'il appelait le système de folies qui avait ruiné son fils, augmentât tous les jours.

Enfin, tant bien que mal cependant, les choses marchèrent, sans encombre, jusqu'à la fin ; et, par l'initiative d'Amélie, les recettes ayant été appliquées au solde des dettes ou assignées à cet emploi pour l'avenir ; les dossiers rendus et les affaires pendantes réparties, pour le mieux, au contentement des parties : le mobilier ayant été emballé et mis au roulage, mesdames Langlé et Henri Ducrest se disposèrent à quitter Senlis.

La veille de son départ, madame Henri Ducrest reçut, dans le cabinet de son mari, la dernière pièce qui était restée meublée, toute la ville de Senlis qui venait lui faire ses adieux et lui présenter sa sympathie et ses souhaits.

Amélie, un peu pâle, un peu amaigrie par la douleur, accueillit tout le monde avec une tristesse résignée qui n'était pas sans grâce. La crise qu'elle venait de subir l'avait pour ainsi dire transfigurée, en lui ôtant cet air de gaieté, qui était le caractère principal de sa physionomie. Ses yeux, comme agrandis, perdaient de la vivacité et du brillant et gagnaient de la profondeur; le teint était devenu plut mat ; la bouche, sans son sourire habituel, gardait cependant une bienveillance aimable, en prenant de la fierté.

On lui demanda naturellement ce qu'elle allait faire.

— Retourner vivre avec ma mère, répondit-elle, sans plus.

Raoul n'avait pas encore l'âge de comprendre l'étendue de son malheur. Et cependant sa jeune tête était devenue pensive. Il ne faisait pas de bruit dans la maison : il ne jouait plus. Souvent il embrassait sa mère, sa grand'mère, puis prenait son livre en regardant les apprêts du départ, en écoutant les paroles graves et tristes qui s'échangeaient autour delui.

On le caressa beaucoup dans cette journée

d'adieux. Et chaque baiser semblait dire :
« Le pauvre enfant. »

En quittant madame Henri Ducrest, plusieurs de ses visiteurs échangèrent cette réflexion.

— Elle est bien jeune et bien belle encore,
madame Henri Ducrest, pour rester veuve !

— Oui, mais elle aimait tant son mari !

— Il y avait de quoi !

« Il y avait de quoi! » dans la pensée du
bourgeois de Senlis, cela ne voulait pas dire
« parce que son mari était bon, brave, généreux ! parce qu'il avait du talent, parce que
c'était un homme d'élite, etc. » — mais parce
que M. Henri Ducrest, un jeune homme
d'avenir qui aurait pu épouser mademoiselle Adélaïde Frossard, l'avait prise sans dot!

Peu s'en fallait qu'on n'ajoutât, — et peut-
être bien l'ajoutait-on mentalement : « Probablement que s'il ne l'avait pas épousée il ne
serait pas mort d'une fluxion de poitrine, parce
qu'il n'aurait pas eu besoin de plaider des causes et parce qu'il ne se serait pas attardé, au
Palais, à écouter, entre deux airs, un plaideur
plein de son sujet. »

11

XVII

Peu de jours après, ces dames et Raoul
étaient installés dans l'appartement de là rue
Serpente. Amélie avait repris sa chambre de
jeune fille et arrangé près d'elle, pour son fils,
le petit lit de sa sœur. Les beaux meubles rap-
portés de Senlis étaient répartis dans l'appartement ou emmagasinés, à l'étage supérieur,
dans l'ancienne chambre de Charles.

Rien de changé depuis dix ans dans la
maison. Mêmes locataires et, avec eux, mêmes
bonnes et cordiales relations.

Seulement le père de famille manquait à

l'appel; la fillette était mariée, le jeune clerc d'avoué était procureur du roi au diable vauvert, et dans le nid, jadis si gai, ne gazouillait plus qu'un tout petit oisillon.

— Eh bien, mère, maintenant il s'agit de nous débrouiller, dit Amélie, quand les deux veuves furent débarrassées des premiers soucis de l'installation. Toi, qui es la caissière, dis-moi, avec combien d'argent arrivons-nous ici pour rétablir notre ménage?

— Deux cents francs, et un trimestre de ma pension à toucher le mois prochain.

— Eh bien, c'est la tranquillité actuelle pour le pain quotidien. Nous reprenons la femme de ménage d'autrefois, et nous retournons faire le marché nous-mêmes, n'est-ce pas?

— Certainement; mais d'ailleurs, ici, je n'ai jamais changé de genre de vie.

— Tant mieux! car si l'on est pauvre, il importe de ne pas le paraître.

— Sans doute. A quoi nous servirait de faire pitié?

— Et, en somme, mère, quelle que soit notre douleur, voudrions-nous au prix de cette douleur que le passé n'eût point existé?

— Non.

— Notre pauvre père est parti le premier. Si cruel que ce soit, ne fallait-il pas nous attendre à ce qu'un de nous, dans la famille, descendît devant, dans la tombe?

Madame Langlé ne répondit qu'en essuyant une larme.

— Ce à quoi on ne pouvait s'attendre, par exemple, c'est qu'un des plus jeunes, des plus vigoureux, celui que les circonstances faisaient devenir le chef de la famille, le suivît de si près et si inopinément.

— Oui, ceci est un coup affreux et terrible!

— Dois-je cependant regretter mon mariage? Oh! non!...

Et une flamme parut dans ses yeux, un divin sourire sur ses lèvres. C'était comme un reflet rapide du bonheur passé.

— Eh bien, quoi! J'aurais pu rester ici seule auprès de vous... le cœur poigné par un amour déçu... Aujourd'hui, nous nous retrouverions là, toutes deux, et nous n'aurions pas Raoul entre nous, — son enfance à soigner, son adolescence à veiller, son avenir à préparer...

— Tu as raison! Il faut aimer quelqu'un ou quelque chose pour avoir du courage.

— N'est-ce pas, mère?... Et comme ce serait plus triste, hein? d'être là toutes deux, rien que pour nous deux, à compter le matin combien nous avons de sous à dépenser dans le jour; et comment répartir, pour le mieux, la dépense de ces sous? Puis, le soir, de faire une partie de besigue... à moins que ce soit d'écarté ou de piquet, si les voisins viennent.

Madame Langlé embrassa tendrement Amélie, heureuse de lui voir ces dispositions à l'apaisement.

— Oh! reprit cette dernière, je ne suis pas toujours ainsi, hélas!... et il y a des heures cruelles où je me tords de désespoir, où je me demande pourquoi ces choses arrivent à ceux qui n'avaient point fait de mal... Mais ces heures de crise, à quoi bon t'en parler? Tu les devines; et il faudrait pouvoir même se les cacher à soi-même... en attendant de pouvoir les étouffer.

— Parlons plutôt de nos affaires, reprit Amélie après un silence. J'ai deux buts maintenant que je ne dois pas cesser un moment

de poursuivre : l'éducation de Raoul et le paie-
ment de l'annuité qui doit nous conserver les
Sablons. L'éducation de Raoul ? je la ferai encore quelque temps : je me souviens d'avoir été
l'institutrice de ma sœur ; j'apprendrai facilement les éléments du latin pour commencer
mon fils. De ce côté donc, pour le moment, pas
de dépense. Payer l'annuité des Sablons est
une autre affaire ! Mais j'ai rapporté ici des
meubles superbes, des étoffes de prix ; je vais
sortir un peu, ces temps-ci, et marchander, çà
et là, ce que je trouverai d'analogue. De ton
côté fais-en autant. Quand nous nous serons
fait une idée des prix, il faudra nous ingénier
pour savoir quels sont les amateurs qui achètent. Il y a toujours M. du Sommerard. Nous
verrons ensuite par qui faire offrir nos richesses...

— Crois-tu donc en avoir pour six mille
francs ?

— Mais, pour bien plus, j'espère.

— Tant mieux ; et fasse le ciel que tu ne te
trompes pas ! Car cette annuité est un terrible
Moloch !

— Après ! Dieu y pourvoira ! Ce qui serait

admirable... mais nous n'aurons pas cette fortune ! — ce serait de louer le château des
Sablons !

— Ah ! ça oui, par exemple !

Un mois après, Amélie avait vendu à M. du
Sommerard une garniture de lit, au petit point,
merveilleusement rehaussée d'or et d'argent ;
à un riche amateur, un secrétaire bonheur du
jour en marqueterie, comme on n'en voit plus
aujourd'hui qu'à nos expositions rétrospectives ;
à la reine Marie-Amélie, un bel émail de Léo-
nard Limousin ;.. et l'annuité des Sablons était
payée...

Ces dames, en revenant à Paris, n'avaient
pas cru devoir fermer leur porte. Elles sortaient
peu, mais recevaient. Amélie eut des cartes
de tous les anciens collègues de son mari et
la visite de ceux qui lui avaient été présentés ;
avec cela celle de toutes les connaissances
d'autrefois, de tous les amis de la famille Langlé ; et on sait que la famille Langlé avait
beaucoup de relations.

Nul ne s'étonna de trouver ces dames dans
le modeste appartement de la rue Serpente,
puisque c'était là qu'elles avaient toujours

habité, et là qu'habitait Henri Ducrest, pendant les sessions de la Chambre.

Il en résulta que la position de fortune des deux veuves ne fut pas autrement commentée. A cette époque d'ailleurs, et bien qu'à la fin du règne de Louis-Philippe, l'argent ait commencé à tenir une grande place dans les choses de ce monde, la question de fortune était encore relativement secondaire. On pouvait être considéré sans être riche. Ces dames n'ayant jamais montré qu'une honnête médiocrité ne semblèrent donc en rien déchues. Point important.

Il semble en effet qu'un demi-siècle se place entre le monde parisien de 1847 et celui de 1852 quand on considère le changement des rapports entre les fortunes et les situations sociales.

Pourtant la révolution de Février a été faite en une demi-journée : ceux qui parlent des trois journées comme en 1830 ne sont pas dans la réalité des faits. La vérité, c'est que le 23 février au soir, dans les quartiers aristocratiques de Paris, on prenait à peine garde au mouvement ; — et que le 24, à midi, quand on apprit que le roi était parti, on se regarda stupéfait. Ce ne fut que le soir, à la lueur des feux où brûlaient les meubles du Palais Royal, qu'on crut bien sérieusement que « c'était arrivé ».

Rue Serpente on ne s'aperçut pas de grand'-chose ; et n'étaient les visites, qui furent nombreuses, on aurait pu ne se douter de rien.

D'abord il y eut les collègues du département de l'Oise. On n'avait pas encore élu le remplaçant d'Henri Ducrest, et madame Ducrest représentait le siège vide de son mari : on pensait d'ailleurs que, si elle le voulait bien, elle ne serait pas sans influence sur le choix de son successeur ; c'est pourquoi elle était entourée à Paris par la colonie de Senlis. Et puis, il y eut d'autres députés, amis politiques d'Henri Ducrest, qui voyaient poindre tout un avenir au bout de la révolution opérée au cri de : « Vive la Réforme ! » Déjà quelques-uns avaient pris l'habitude de venir rue Serpente vers cinq heures, à la sortie des Chambres. On s'y rencontrait. Amélie y était toujours.

Pendant cinq ou six jours, ce fut un va-et-

11.

vient continuel; puis diable! cela devenait sérieux; les Chambres censitaires semblaient bien avoir vécu : le suffrage universel, cette chose fabuleuse, allait sérieusement être mis en pratique, avec une autre machine étrange : le scrutin de liste ! A la rescousse ! messieurs les députés, et à vos affaires électorales.

Les amis d'Henri Ducrest siégeaient à gauche, mais non point dans le groupe de M. Ledru-Rollin, qui d'ailleurs était un petit bataillon : ils s'aggloméraient mieux aux amis d'Odilon Barrot. Quel allait être leur sort aux élections prochaines ? Les intérêts et l'avenir d'Amélie et de son fils étaient jusqu'à un certain point liés à cette question.

— Peuh ! disaient les uns, vous verrez qu'avec le suffrage universel on nous gâtera la réforme ! Ce qu'il fallait, c'était l'adjonction des capacités. Il était absurde, il était révoltant, que le plus bête des boutiquiers fût électeur quand un avocat, un médecin, un professeur ne l'étaient pas ; mais par exemple, faire voter les charbonniers et les paysans, quel tohu-bohu, justes d'eux !

— Eh bien, à votre avis, quel sera le résultat ?

— Un grand désordre, d'abord ; et puis, voyez tous ces chefs d'école qui commencent à couvrir les murs d'affiches de trente-six couleurs ! promettant le blé cher, le pain bon marché et des confitures pour tout le monde... Avant trois mois, ces gens-là se mangeront entre eux ; il y aura des coups de fusil dans les rues. C'est une tourmente qu'il faut laisser passer. Les hommes sérieux verront ensuite.

— Alors, vous n'allez pas vous représenter aux élections ?

A cette question de madame Ducrest, les uns répondaient :

— Non ; il faut voir d'abord fonctionner le suffrage universel.

Et les autres :

— Mon Dieu ! tout de même ; mais assurément je ne serai pas élu !

— Croyez-vous à l'installation de la République ? Car vous le savez, ce qui est à désirer n'est pas toujours à espérer.

— La République... avec les socialistes pour chefs et les prêtres pour alliés, euh !..

— Voulez-vous mon avis ? s'écriait un troi-

sième interlocuteur. Le prince de Joinville sera,
dans un an, lieutenant-général du royaume.

— Comme le duc d'Orléans en 1830.

— Non, il administrera pour son neveu le
comte de Paris.

— Quelle erreur ! Comment vous, un homme
de tant de sens, vous avez des idées semblables !
C'en est bien fini des Bourbons, branche aînée
ou branche cadette... Ce que nous aurons dans
l'avenir, je n'en sais rien ; — et bien fin celui
qui le pourrait dire ! Mais croyez-moi, de ces
choses et de ces gens le règne est bien fini ! Je
croirais plutôt à la réalisation du phalanstère!..

— et je n'y crois pas !

XVIII

Cependant, tandis que les manifestations défilaient sur le quai de l'Hôtel-de-Ville, drapeaux et bannières en tête; que, par les rues, le soir, des troupes d'ouvriers sans ouvrage chantaient à tue-tête :

> Mourir pour la patrie,
> Mourir pour la patrie !
> C'est le sort le plus beau, le plus digne d'envie.
> etc.

Ou bien, — refrain sublime, qui devint alors une « scie patriotique » :

> Travaillons ! travaillons mes frères !
> Le travail, c'est la liberté !...

Tandis que les montagnards de Caussidière parcouraient la nuit quais et carrefours, la torche au poing « ce qui, disaient les romantiques, faisait bien dans le décor », tandis que les gamins enroués criaient la *Vraie République*, le *Montagnard,* le *Père Duchêne,* etc., et que les clubs, ouverts à tous, offraient leurs tribunes aux théories les plus extravagantes, pendant que la fantasmagorie de 1848 passait, la vie était difficile rue Serpente.

Pas moyen de rien vendre et c'eût été folie d'y penser. On avait compté sur des avances de fermages, qu'on aurait remboursées plus tard ; mais pas le moindre fermage. Avec cela le fisc réclamait son dû aux Sablons.

Et puis Charles, considéré au premier abord comme un agent royaliste parce qu'il tenait son poste du gouvernement, avait été destitué. La situation du second gendre de madame Langlé ne tenait qu'à un fil. Tout le monde vint à Paris, rue Serpente ; on se serra les uns contre les autres ; on mit tout en commun. Mais tout, c'était bien peu — presque rien.

Qui dira les prodiges d'habileté et d'économie que réalisèrent Amélie et sa mère pendant cette période ?..., Et les sinistres heures des journées de juin...

Alors on aurait pu voir, plus d'une fois, madame Langlé se glisser le matin, avec un paquet discrètement dissimulé, sous l'allée sombre du mont de piété...

Ah ! dame ! oui ! il le fallait, et si dures que soient les corvées, on sait les accepter quand on a du sens. Auquel cas, il les faut faire vite, sans bruit, sans y penser à soi-même, en quelque sorte.

Et puis les mois succédaient aux mois, et le terme de la fatale échéance de madame Arnould approchait. A qui, et comment, vendre, cette année-là, un meuble de Boule, une tapisserie au petit point ? ou bien il faudrait vendre misérablement. Et alors, réaliserait-on les six mille francs ?

Justement, la vieille madame Arnould, qui croyait à la République, aurait, en ce moment-là, très volontiers repris son immeuble.

Et c'est ce que faisait sentir M. Ducrest le père, qui écrivait de Senlis force sermons. Ah ! si on l'avait cru ! ah ! si on l'avait écouté ! Sa belle-fille et son petit-fils seraient en ce moment

bien tranquilles à Senlis ! Et que faisait Raoul?
Raoul aurait dix ans tout à l'heure : il devait
être horriblement en retard ! Jamais il ne rat-
traperait ses camarades au lycée ! C'était une
éducation manquée ! Et qu'est-ce qu'on en
ferait ? — Un propre à rien peut-être ! et pis !
un journaliste !

Oui, il entrevoyait cet avenir pendant ses
nuits sans sommeil : l'enfant apprendrait au
hasard, sans méthode, comme il pourrait, en
écoutant d'une oreille sa leçon et de l'autre les
cent mille billevesées qui couraient le monde !
Jamais il ne serait bachelier : jamais ! Or qui
n'était pas bachelier au sortir du collège n'était
bon à rien sa vie durant : toutes les carrières
libérales lui étaient fermées, etc., etc.

Cependant Raoul commençait à comprendre,
et sa mère lui disait, sous une forme ou sous
une autre, dès qu'elle en trouvait l'occasion :

—Tu sais, mon enfant, que tu n'as à compter
que sur moi et sur toi-même. Moi ? je ne suis
qu'une femme, veuve et sans fortune ; et je puis
mourir ! comme ton père ! Alors, tu n'aurais
plus ici que ta grand'mère, plus impuissante
encore que moi ; et il faudrait t'en aller à Senlis

chez ton grand-père Ducrest, qui deviendrait comme ton père et disposerait de ton avenir.

— Mais tu ne mourras pas, maman, le bon Dieu ne le voudra pas ! Nous sommes déjà si malheureux ! D'ailleurs, moi je mourrais aussi alors, je le sens bien !

— Espérons, en effet, mon cher enfant, que Dieu me conservera pour toi. Eh bien ! il faut, si tu veux rester avec moi, au lieu de t'en retourner vers ton grand-père, m'aider autant que tu peux.

— Mais, maman, je veux faire tout ce que tu voudras.

— Il faut étudier avec moi pour éviter aussi longtemps que possible d'aller au collège ; puis travailler assez pour suivre exactement tes classes : je veux, comprends-moi bien, que tu sois l'égal des autres quand tu entreras au collège ; et même dans les premiers de ta classe.

— Oui, mère.

— Cela est important, parce qu'il faut te préparer pour Saint-Cyr, vois-tu ? Je te ferai soldat, mon pauvre petit.

— Eh bien, mère, je serai très content d'être soldat.

— Et je ne voudrais pourtant pas que tu fusses
soldat.

— Et alors, maman, pourquoi me feras-tu
soldat?

— Parce que, mon cher cœur, c'est le seul
état qui donne à un jeune homme, dès vingt ans,
une carrière assurée. Dès que tu t'es mis en état
d'entrer à Saint-Cyr, tu peux en sortir sous-
lieutenant à vingt et un ans. Si je n'étais plus
là, ni ton grand-père Ducrest, tu aurais cependant un avenir certain, et peut-être le bâton de
maréchal, à l'horizon de cet avenir. Suppose,
au contraire, que je te reste, que les affaires
de la famille aillent assez bien : si tu as l'habitude du travail, tu pourras certainement
étant sous-lieutenant, faire ton droit ; et alors
tu aurais le choix d'une carrière...

Mentalement la mère ajoutait : « Si je puis
payer l'indemnité des Sablons jusqu'au bout,
tu auras une terre de cent mille francs dont les
revenus te feront libre et indépendant... »

L'enfant écoutait et, dans son jeune cerveau,
le plan de sa mère était gravé. Comme les
autres bambins, il avait ses heures d'indisci-
pline, de turbulence et de paresse ; mais au fond,

les plus nobles, les plus généreux sentiments germaient en son cœur. Et où donc en eût-il pris d'autres, n'ayant jamais entendu parler que son père, sa mère et sa grand'mère ?

Le latin l'amusait peu ; mais il faisait ses devoirs par obéissance ; l'histoire l'intéressait davantage, et il avait les oreilles ouvertes, toutes grandes, aux conversations sur les hommes et sur les choses. Et combien le présent, pour différent qu'il fût, dans la forme des sociétés et des États, lui éclairait le passé cependant !

XIX

1848, 1849, 1850... années pénibles, dures, cruelles, qui passèrent pourtant.

Dès l'entrée aux affaires du général Cavaignac, Charles avait été replacé à la tête d'un parquet. On sait ce que sont les appointements des magistrats : le pauvre garçon cependant, qui avait compris, pendant son séjour à Paris, la secrète misère des deux femmes, trouvait ingénieusement moyen de leur venir en aide.

D'ailleurs, toujours ces dames avaient le sourire aux lèvres quand leurs amis venaient les voir. Ils étaient nombreux encore et l'eussent été davantage si elles l'avaient voulu. Mais l'accès du petit salon de la rue Serpente n'était pas facile. Ces dames s'en tenaient à leurs connaissances anciennes. Celles-ci, du reste, avaient pris dans la vie des routes si diverses, que les échos de tous les mondes arrivaient rue Serpente, sans que la foule eût besoin de venir se mettre de la partie.

Les élections de 1848 n'avaient pas, en général, ramené à la Constituante les anciens amis de madame Ducrest. Un seul des députés de l'Oise était revenu légiférer dans la salle de carton.

C'était un M. Salençon, qui ne sonnait mot à la tribune, ne faisait pas parler de lui dans les bureaux, mais possédait son collège électoral, de telle sorte qu'il l'avait retrouvé, même quand le collège se composa de tout le monde.

M. Salençon était riche : il se faisait tout à tous.

Pas un de ses électeurs qu'il ne connût et qu'il ne tînt, par service rendu ou par service à rendre, au temps des élections censitaires, — et tout de suite il avait trouvé moyen de pratiquer de même le suffrage universel. Bref, il était revenu avec la République, lui ancien *satisfait* du ministère Guizot. Il est vrai que, vers la fin du règne, il avait voté avec le centre gauche et qu'il savait tirer parti de cette circonstance.

« Oui, certainement, il avait cru que le roi Louis-Philippe voulait le bien du pays... et peut-être qu'il le voulait, en effet ! Malheureusement le duc d'Orléans était mort : — un prince superbe et plein d'avenir ! — et puis madame Adélaïde aussi ; et madame Adélaïde était de bien bon conseil pour son frère !.. Enfin on n'avait pas voulu écouter M. Thiers. Pourquoi n'avoir pas écouté M. Thiers ? Rien de tout cela ne serait arrivé !.. Maintenant il fallait s'arranger avec ce qui existait. — La République ? eh ! eh ! pourquoi pas ? si elle savait rester honnête et modérée ? — Par exemple, pas de socialistes et rien de ce qui menaçait la religion, la famille et la propriété. Oh ! non ! »

Tel était M. Salençon. Nous l'avons tous connu.

Du vivant d'Henri Ducrest, Amélie ne s'était rencontrée que rarement avec ce personnage ; d'abord, parce qu'il représentait un arrondissement éloigné de Senlis et n'y venait qu'à de rares intervalles ; ensuite, parce que les opinions politiques d'Henri, très nettes, avaient peu de points de contact avec les opinions — fallait-il dire les opinions? — de ce collègue aux mœurs parlementaires accommodantes.

Mais il était venu, un des premiers, rue Serpente après le retour de ces dames : il les avait assurées de sa respectueuse sympathie; il leur avait offert tout son dévouement; il s'était montré un des plus assidus.

Ces dames trouvèrent cette attitude naturelle, étant donné d'une part le caractère serviable de M. Salençon, et de l'autre l'empressement général de leurs amis. Elles s'accoutumèrent à le voir, et comme il était plein d'attentions, le virent bientôt avec plaisir. Presque tous les jours, puis tous les jours, il arrivait vers cinq heures apportant les nouvelles, les cancans de couloirs. Au fond, rien de plus banal que son esprit; et pourtant sa conversation n'était pas sans intérêt. Il y a comme cela, par le monde, des gens d'une médiocrité intrinsèque singulière qui, par le frottement, acquièrent une sorte de surface intellectuelle.

M. Salençon, précisément parce qu'il n'était en situation d'ambitionner quoi que ce soit, précisément parce qu'on savait que ses vœux se bornaient à conserver son siège de député, n'effarouchait pas ses collègues, républicains de la veille. Souvent, même, il leur était utile à cause de son expérience des choses parlementaires. La tradition ! il représentait la tradition entendez-vous bien, et plus d'une fois Armand Marrast lui-même l'avait consulté.

Il allait et venait donc, par les groupes et les bureaux : toujours aimable avec tout le monde ; chaperonnant les nouveaux collègues, à l'Opéra et dans les ministères. Aussi savait-il à peu près tout ce qui se passait, recueillait-il les mots et rapportait-il, en somme, rue Serpente, un bagage agréable.

Quand le grand deuil des deux veuves fut passé, il eut quelquefois l'occasion de les accompagner, soit au théâtre, soit dans un salon.

Ces dames, comme autrefois, avaient de temps en temps des loges : elles lui offraient une place : il l'acceptait et en prenait occasion pour se permettre l'offre d'un bouquet à madame Ducrest, ou d'un jouet à Raoul.

Avec les deux familles voisines, celle de

l'académicien et celle de l'auteur dramatique, anciennes connaissances comme on sait. M. Salençon devint bientôt le commensal le plus assidu de la maison.

Une autre connaissance y tint bientôt, aussi, une certaine place. C'était une femme d'une trentaine d'années, assez jolie et assez élégante, qu'on nommait madame Sardevet.

Cette jeune femme était d'ailleurs alliée de la famille, puisque le frère cadet de son mari, autrefois secrétaire d'Henri Ducrest, avait épousé sa seconde sœur.

On se souvient même que, de son secrétaire devenu son beau-frère, Henri Ducrest avait fait un sous-préfet.

Le 24 février avait renvoyé le sous-préfet dans ses foyers, mais Sardevet avait une certaine fortune : 6,000 livres de rente, ce qui, en ce temps-là encore, était au moins l'aisance. Il s'était d'ailleurs fait replacer depuis par les bons soins de M. Salençon.

M. Sardevet l'aîné, le mari de la femme qui nous occupe, était « dans les affaires ».

« Dans les affaires ! » c'est-à-dire qu'il maniait de l'argent : soit par jeu de bourse, soit par participation aux grandes entreprises qui commençaient alors.

Madame Sardevet était une mondaine. Elle allait partout, recevait à dîner, portait les dernières modes et jetait l'argent à pleines mains.

Elle avait été présentée à Amélie lors du mariage de son beau-frère avec mademoiselle Ducrest, et madame Ducrest l'avait même reçue aux Sablons.

Le château des Sablons, la haute situation dont jouissait alors M. Henri Ducrest, et la suzeraineté féminine conquise à Senlis par sa femme avaient produit sur madame Sardevet une grande impression. On avait beau, en effet, avoir de l'argent et pouvoir commander ses robes chez la bonne faiseuse, cela ne donnait pas une situation sociale égale à celle de la femme d'un député.

Aussi madame Sardevet s'empressa-t-elle beaucoup à plaire à Amélie, projetant d'en faire son amie, pour pouvoir se montrer avec elle à Paris.

A la mort d'Henri Ducrest, madame Sardevet donna de grands témoignages de sympathie à la famille, et crut même devoir porter le deuil pendant trois mois.

Elle savait en gros que madame Henri Ducrest restait sans fortune; mais ce mot n'im-
pliquait pas pour elle l'idée d'une situation
difficile. Pour madame Sardevet, soit que le
souvenir des Chambres censitaires de Louis-
Philippe attachât une certaine idée de fortune
acquise à la députation, soit que l'habitude du
monde des affaires ne lui donnât pas une opinion bien haute des caractères, on ne pouvait
jamais rester dans la misère quand on avait été
la femme d'un député.

D'ailleurs, en même temps, elle apprenait
que madame Henri Ducrest revenait habiter
Paris avec sa mère; et elle pensait qu'à Paris,
une femme d'esprit sait toujours se retourner.

Et qui pouvait douter que madame Henri
Ducrest n'eût de l'esprit?

Dès son retour, Amélie reçut donc la visite
de madame Sardevet, qui elle aussi, comme
M. Salençon, se mit à sa disposition et s'em-
pressa autour des deux veuves, Amélie l'accueillit volontiers parce qu'elle était gentille, aimable et presque parente.

Madame Ducrest avait des préoccupations
assez graves et surtout assez pressantes pour

que son esprit s'arrêtât peu à scruter les motifs qui pouvaient attirer vers elle, telle ou telle
sympathie. Dès l'enfance, d'ailleurs, elle avait
été entourée, et peut-être inconsciemment se
laissait-elle aller à cette sorte de bien être
moral. L'envers de sa vie avait de telles âpre-
tés ! Et puis elle croyait naturellement aux
bons sentiments, n'ayant guère, jusqu'alors, été
en lutte avec les mauvais.

L'assiduité de M. Salençon, qui passait pour
bon homme, lui sembla toute simple : il avait
cru bien faire, d'abord, en rendant ses devoirs
à la veuve d'un ancien collègue ; puis il s'était
plu dans la douce intimité de la rue Serpente.
Ce pauvre M. Salençon n'avait pas d'intérieur.
Il était marié cependant, mais nul n'aurait pu
dire, au juste, ce qu'était devenue madame
Salençon ; on parlait d'une maladie mystérieuse.
Bref, elle devait être dans une maison de santé
quelconque. De cela, il y avait des années et
des années ! Personne ne parlait d'elle ; et de
fait, à moins d'être un malappris, comment
faire, à cette circonstance douloureuse, la moindre
allusion, devant un homme qui devait en avoir
gardé une blessure saignante au fond du cœur ?

Si Amélie était candide, cependant elle n'était pas niaise, et elle attribua encore aux soins respecteux de M. Salençon un autre motif.

Comme on l'a vu, les opinions républicaines de l'ex-député satisfait, étaient de bien fraîche date, aux élections du 4 avril 1848. En voyant venir le scrutin de liste, Amélie pensa que peut-être M. Salençon ne croyait pas inutile de placer pour ainsi dire sa candidature sous l'égide de la mémoire d'Henri Ducrest. Il avait eu soin, du reste, de placer habilement ce nom dans sa profession de foi, comme celui d'un ami politique ancien, tout en rendant hommage à la mémoire de son jeune et regretté collègue.

Pour l'amitié empressée que lui témoigna tout de suite madame Sardevet, elle crut à une sympathie féminine, sincère, et son cœur s'y ouvrit. Elle avait tant besoin d'une amitié qui la sortît un peu de son cercle ordinaire !

Certes, entre elle et sa mère c'était une tendresse profonde, infinie. Ces deux femmes s'étaient fondues, pour ainsi dire, l'une dans l'autre, et, d'un regard, elles se comprenaient et se pénétraient.

12.

Est-il besoin, d'autre part, de dire avec quelle exaltation Amélie aimait son fils?

Mais entre ces deux affections il y avait une place vide : celle où se loge l'amitié étrangère, le sentiment qui s'échappe du for intérieur pour s'en aller au dehors, donner et recevoir des impressions nouvelles.

Ce sentiment est inhérent à la nature humaine. Et, précisément alors que le secret de la vie intime est plus austère, précisément quand l'effort commun est plus pénible, cette espèce de sortie hors du cercle privé devient plus impérieusement nécessaire, aux cœurs encore jeunes.

Il faut bien vivre un peu en dehors de soi-même! et c'est en quelque sorte vivre sur soi-même, que de vivre seulement des affections qui vous sont adhérentes, qui descendent à vous, descendent de vous et remontent à vous.

Amélie se laissa donc aller à son penchant pour madame Sardevet, et ce, d'autant plus qu'elle n'avait jamais eu d'amie. Jeune fille, la société de sa mère, de sa sœur, de sa famille lui suffisait; femme, elle avait placé toutes ses tendresses sur la tête d'Henri ; et d'ailleurs, à Senlis elle n'eût réellement pas trouvé d'amitié à faire.

Il ne faut pas croire, néanmoins, que l'amitié qui s'établit entre madame Sardevet et Amélie fût exclusive et absorbante. Avec la vie ouverte de la rue Serpente, une telle amitié ne s'accordait pas. Seulement les deux femmes, volontiers, causaient ensemble ou échangeaient un mot, une remarque, une malice, en aparté.

Quand il y avait une course à faire, on la faisait de compagnie. Elles allaient à la Chambre assez souvent, avec les billets que M. Salençon leur apportait. Quand madame Sardevet entreprenait sa tournée dans les magasins, elle était enchantée d'emmener Amélie pour avoir son avis. De même chez sa couturière ou chez sa modiste.

Mais Amélie ne se prêtait que rarement à ces dernières fantaisies. Non certes, que sa jalousie féminine fût éveillée par la vue des jolies étoffes, des robes élégantes : elle était bien au-dessus de ces petitesses ! Mais parce qu'elle avait au logis des occupations sérieuses, et puis parce que, si elle savait garder perpétuellement son deuil avec une robe de velours noir et une robe de satin qu'elle avait eues, l'une pour ses visites de noces, l'autre pour assister à un bal officiel, il ne lui convenait pas, cependant, de paraître la dame d'atours de madame Sardevet.

Cependant cette dernière ne laissait pas de remarquer certains détails, qui échappent aux hommes, mais qui ne passent point inaperçus aux yeux des femmes. Ainsi, jamais Amélie n'achetait rien : ni un ruban, ni une fleur ; à peine, de temps en temps, une paire de gants noirs. Elle allait toujours à pied, si longues que fussent les courses : la marche, disait-elle, lui ayant été recommandée par son médecin. Enfin, ni pour elle, ni pour sa mère, jamais une de ces dépenses frivoles que se permettent toutes les femmes.

Quelquefois elle en avait fait la remarque à Amélie qui toujours répondait par quelque défaite plausible.

A la maison non plus, madame Sardevet n'avait jamais vu ces dames prendre leurs repas. Elles vivaient de quoi ? On ne savait. Raoul cependant se portait bien.

— En tout cas, pensait-elle, madame Ducrest a toujours son château des Sablons, et quand on a un château, que diable ! on a de quoi vivre !

XX

— Ma chère, dit un jour madame Sardevet
à Amélie, comment n'allez-vous pas aux Sablons
pendant les vacances ?

— Les Sablons me rappellent un bien cruel
souvenir.

Que répondre ?

— Ne craignez-vous pas que le château ne
se détériore ? Vous savez que les bâtiments se
ruinent d'autant plus qu'ils sont inhabités.

— J'ai là-bas des fermiers qui y veillent.
Puis, se reprenant : d'ailleurs je ne demande-
rais pas mieux que de le louer, mon château !

— Ah! vous le loueriez?

— Mais certainement.

La conversation tomba sur ce sujet.

Mais madame Sardevet en conclut que son amie serait bien aise d'augmenter ses revenus.

Ce n'était pas non plus sans un but qu'Amélie avait lancé cette parole qu'elle louerait volontiers les Sablons. Elle était, en ce moment, aux abois pour payer la quatrième annuité de madame Arnould. Elle avait vendu tout ce qu'elle avait pu vendre en beaux meubles et en belles tentures, même à vil prix, et ne savait où donner de la tête. Comment faire? Comment faire?

Elle venait de prendre, avec sa mère, le parti d'aller trouver un homme d'affaires et de lui exposer le cas, en le priant de trouver quelqu'un qui voulût bien se charger du service de la dette, moyennant l'abandon de la moitié de la propriété. C'était la ruine de tous ses efforts jusque-là; elle le sentait; mais tout abandonner c'était la ruine plus complète encore; et puis elle entendait d'ici son beau-père!

Madame Arnould avait soixante-treize ans cependant: elle ne pouvait vivre longtemps encore... Mais quoi! l'âme délicate d'Amélie répugnait à cette attente de la mort d'une vieille femme ; elle se détournait avec dégoût de ces calculs d'actuaire. Certes, cette mort, c'eût été la délivrance ! Pourtant non ! Amélie n'aurait pas levé le petit doigt pour tuer le mandarin.

Madame Sardevet et M. Salençon étaient les meilleurs amis du monde ; l'une enchantée d'avoir un député à ses ordres et pour chevalier au besoin ; l'autre, charmé peut-être de donner le bras à une élégante et d'être bien avec l'amie d'Amélie.

De son côté, M. Salençon avait-il deviné, à quelques indices, la gêne des dames Langlé ? Cachait-il au fond de son cœur un secret désir de se rendre utile ? indispensable ? ?

Toujours est-il qu'un beau soir le député, ayant eu la fortune de trouver ces dames seules, parla des Sablons, lui aussi, et tout à coup :

— Que m'a-t-on dit, chère madame Ducrest, que vous loueriez volontiers les Sablons ?

— Mais oui !

— Que ne l'ai-je su plus tôt ! Je n'aurais pas osé vous en parler... d'autant plus que vous eussiez peut-être pensé que j'avais un intérêt personnel à vous donner le conseil de les louer, en effet.

— Comment cela?

— C'est que je solliciterais l'honneur d'être votre locataire. Ma résidence familiale est loin de valoir les Sablons : elle est d'ailleurs à une autre extrémité du département, et, maintenant : il importe ne pas se cantoner dans un arrondissement ; il faut être l'homme du département tout entier. Voilà pour ce qui me concerne ; quant à vous, puisque vous n'habitez pas, pourquoi ne pas louer ? Vous perdez là un revenu net, tous les ans et, comme tutrice de votre fils, vous ne devez négliger aucune rentrée...

— C'est vrai ; mais je n'avais pas pensé, jusqu'ici qu'il se trouvât amateur. Et puis, je ne voulais pas, non plus, louer au premier venu cette maison où j'ai laissé de si tristes, mais si chers souvenirs.

— Eh bien ! si vous ne me considérez pas tout à fait comme le premier venu, voulez-vous me louer les Sablons ?

— Certainement.

— Et pour combien de temps ?

— Mais je m'engagerais, au besoin, jusqu'à la majorité de mon fils.

— Et Raoul a... dix ans ?

— Douze, tout à l'heure.

— Alors ce serait un bail de neuf ans ?

— Si vous voulez.

— Et... votre prix ?...

— Oh ! pour cela, je ne sais ; voyez le château et la réserve, car pour les métairies...

— Il ne s'agit pas des métairies ! Je ne veux pas faire valoir ! C'est bien du château seulement et de son parc réservé qu'il s'agit !

— Eh bien ! voyez dans le pays, informez-vous, comparez — et tel de nos amis communs qui vous conviendra fixera le prix du loyer.

— M. Sardevet ?

— Bien.

Pendant toute cette conversation les cœurs des deux femmes avaient battu si fort qu'elles craignaient à chaque instant de se trahir par un mouvement, un regard, une rougeur.

Dieux ! était-ce la Providence ? Il en était temps, d'ailleurs.

Mais elles avaient une telle habitude de la contention et du silence au sujet de leur secrète misère, que rien ne parut, ou que du moins elles le crurent.

Quand M. Salençon fut parti, elles se jetèrent

dans les bras l'une de l'autre et s'embrassèrent
en pleurant de joie.

Le loyer des Sablons fut tout justement fixé
par M. Sardevet au prix de six mille francs.

C'était le salut, la délivrance, la paix, le
bien-être.

Les six mille francs paieraient l'annuité de
madame Arnould; les fermages rendaient près
de mille francs de plus qu'il ne fallait pour
les impôts et l'entretien du domaine. Ces mille
francs, joints aux douze cents francs de la rente
viagère de madame Langlé, donneraient de quoi
vivre à Paris : — ces dames vivaient de si peu !
et avec une telle habileté !

Le matin, du lait et un petit pain ; à midi,
deux œufs et un biscuit trempé dans un doigt de
vin ; pour l'enfant, une côtelette ; le soir, le pot-au
feu, de deux jours l'un, alternant avec un poisson
ou une grillade, ou un rôti ; un plat de légumes
les meilleur marché ; quelques cerises, un peu
de raisin ou une cuillerée de confiture selon
la saison ; c'était tout. Et cela suffisait.

On put alors payer l'externat de Raoul au
collège. D'ailleurs, il restait encore quelques
objets de prix à vendre, en cas de besoin.

Après trois années et demie de privations, d'inquiétudes et d'expédients, c'était l'aisance !

Il y eut donc, pour la famille, vers 1850 et pendant tout 1851, une période de paix, de repos, de bien-être !

Le petit salon de la rue Serpente devint plus gai, plus animé : Amélie et madame Sardevet allaient souvent à la Chambre et rapportaient leurs impressions personnelles, qui ne s'accordaient pas toujours avec celles de leurs visiteurs.

Ce bon M. Salençon, par exemple, qui avait une peur horrible de Proudhon, s'était laissé embrigader par les Thiers, les Montalembert, les Falloux, etc., dans l'escouade la plus active de la rue de Poitiers. Il n'arrivait jamais sans un ballot de petits livres bien pensants contre les *partageux* et en faveur de la famille, de la religion et de la propriété.

— Mais, bon Dieu ! que voulez-vous que nous fassions de ça ? lui demandait en riant madame Ducrest. Nous n'avons pas besoin d'être converties ! Et pour Raoul, je vous assure qu'il aimerait bien mieux les aventures de Don Quichotte !

— Chère madame, le venin socialiste, voyez-vous, s'insinue par les moindres fissures dans l'esprit des jeunes gens ! On ne saurait trop les prémunir. Voilà maintenant Raoul qui va au collège : il cause avec ses camarades, et, parmi eux, il peut y en avoir d'infestés.

— Je pense que Raoul se préoccupe peu de l'Icarie, du Phalanstère et du droit au travail...

— Ah ! comme vous connaissez peu ces jeunes imaginations ! Soyez sûre qu'au collège les jeunes gens discutent ces questions-là comme nous autres ; et comment fera Raoul s'il n'a pas de bons arguments pour répondre aux sophistes ? pour le garantir, lui-même, contre leurs séductions ?

— Et vous croyez que vos petits livres...

— Sont excellents, chère madame, et pleins des raisonnements les plus solides contre le communisme de Cabet et l'anarchie de Proudhon. Nous les faisons faire d'ailleurs par des dialecticiens de premier ordre !

— Ah ! diable ! toutefois si je me charge encore de faire travailler Raoul, au logis, pour le collège, je ne me chargerais pas de lui imposer cette lecture !

— Mais c'est fort intéressant !

— Gageons que vous êtes les seuls à les lire,

ces petits produits. — A propos, sont-ils bien coûteux vos dialecticiens ?

— Madame, nous n'y regardons pas ! nous savons faire des sacrifices pour le salut de la société. Nous contribuons tous, et puis nous faisons contribuer nos amis. Et, tenez, j'avais oublié de vous demander votre souscription. Voici ma tirelire : je l'ai toujours dans ma poche, mettez ce que vous voudrez, comme denier de la veuve.

— Jamais de la vie ! parlez-moi plutôt d'encourager la bibliothèque populaire d'Ajasson de Grandsagne, au moins c'est instructif !

— Il ne s'agit pas d'instruire, madame ! le peuple n'est peut-être que trop instruit. Et voilà pourquoi il nous faut contre le poison socialiste, qu'on lui fait boire à pleine coupe employer le contre-poison ! Heureusement que nous avons des arguments *ad hominem*, écoutez un peu :

« — Pierre, ce champ est à toi. — Oui. — Tu l'as eu d'héritage. — E d'mon père oui-dà ! — Eh bien ! celui d'à-côté prétend qu'il est à lui, aussi bien qu'à toi, et que tu n'avais pas le droit d'en hériter ; et il entend récolter ton blé et cueillir ton raisin. — Jarnidieu ! ousqu'il est, s'ti là, que j'le reçoive avec ma fourche ? »

— Vous le voyez, chère madame, c'est clair c'est simple, et il y en a pour tout le monde !

— Y en a-t-il aussi pour ceux qui ne répondent pas avec des fourches et qui ne disent pas « Jarnidieu ! » demanda madame Sardevet.

— Certainement, madame ! Écoutez :

« La propriété c'est le vol ! » a osé écrire le sauvage Proudhon. Ainsi cette maison où vous êtes né et où votre père est mort, où vous avez installé votre famille, cette maison vous l'avez volée ! Pourtant cette maison, comment l'a acquise votre père ? Par son travail : car l'argent, qu'est-ce que c'est, sinon du travail accumulé ? Donc, parce que votre père a travaillé, économisé, réuni une épargne qui l'a fait propriétaire, votre père était un voleur ! Allons donc ! si les socialistes n'étaient pas des coquins, ce seraient des fous, et il faudrait construire un grand Bicêtre pour les enfermer tous. » Voilà qui est tapé ! ou je ne m'y connais pas !

— J'ai bien peur tout de même que ce ne soient pas vos petites brochures qui sauvent la société, au cas où elle aurait besoin d'être sauvée.

— Comment, mesdames ! Mais la société est à deux doigts de sa perte ! Et la société,

ne vous y trompez pas, c'est l'abri commun,
c'est la tente qui protège notre passage sur
la terre. Nous avons reçu la société de nos
pères, nous la devons à nos enfants...

— Parfait ! vous parlez d'or ; mais vous vous
croyez à la tribune.

— Ah ! madame, c'est que dans l'effroyable
péril où nous sommes, il faudrait que tout fût
tribune: le théâtre, le livre, le salon, le coin du
feu même !

— Que voulez-vous, cher monsieur, je ne
puis pas prendre comme vous les choses au tra-
gique. La société ! la société ! Il me semble que
c'est après tout l'ensemble et l'agglomération
des intérêts ; et comment pourraient prévaloir,
contre ce faisceau de forces combinées, les rê-
vasseries de quelques hallucinés ?

— Vous en parlez comme si vous n'aviez pas
vu les journées de juin !

— Eh bien ! quoi? On a eu tort de fermer brusquement les ateliers nationaux ; il aurait fallu
donner une autre issue aux efforts des travailleurs sans ouvrage. Ce ne sont pas, selon moi,
les théories de Cabet, de Considérant et de
Proudhon qui ont fait les journées de juin : c'est

la misère tout simplement ! Nous sommes à une
époque difficileparce que les machines intervien-
nent entre le patron et l'ouvrier, et, à toutes
les époques difficiles, il y a des troubles !
— Mais je m'aperçois que moi aussi je suis à
la tribune. Laissons cela. Pour vos petits livres,
cher monsieur, ils sont ennuyeux comme tout,
quand ils ne sont pas un brin ridicules ! Mais pardon ! Je vous blesse peut-être, dans votre amour-
propre d'éditeur ! Mettez que je n'ai rien dit.

Dans le petit salon de la rue Serpente, on
tenait pour la République : quelques amis,
parmi les vieux, conservaient à Louis-Philippe
et à sa famille un certain sentiment de sympathie : c'étaient d'anciens combattants de 1830
qui rechignaient à la République, avaient en
abomination le drapeau blanc et regardaient
le prince Louis, devenu président de la République, comme une personnalité peu sérieuse :
— le héros de Strasbourg et de Boulogne, quoi !
D'autres, dont les opinions étaient plus d'accord
avec celles des dames Langlé, regrettaient le
général Cavaignac et souhaitaient qu'à l'expiration du mandat du prince Bonaparte, la République retrouvât un citoyen pour président.

Or l'expiration de ce mandat approchait : en mai 1852, les élections présidentielles devaient avoir lieu. On était à la fin de 1851. Les Orléanistes avaient inventé, dès alors, la *fusion* ; les bonapartistes — il en était venu on ne savait d'où, depuis trois ans — proposaient l'empire. Le prince-président était en guerre avec la Chambre. La Chambre prétendait bien avoir le dessus et mettre le président à la raison. Bref, c'était dans la politique une confusion de tour de Babel.

Pour moins assidus que M. Salençon, d'autres députés fréquentaient la maison des dames Langlé : c'étaient, comme je l'ai dit plus haut, des anciens amis politiques d'Henri qui étaient restés dans la vie parlementaire.

Rien de curieux alors comme la dispersion des esprits. Personne ne comprenait rien à rien. Sans doute on voyait avec étonnement grandir la fortune et la personnalité du prince Bonaparte ; on constatait un parti qui grossissait tous les jours ; mais dans les régions intellectuelles on ne croyait pas à son succès.

Dans les régions intellectuelles on se trompe toujours, parce qu'on juge les choses d'après

13.

la logique de l'esprit, et non point avec celle des instincts.

Et puis, qui comprenait alors le suffrage universel ? Qui s'était rendu compte qu'il était précisément l'expression de l'instinct national ? qu'on agissait sur lui — non par les petits livres de la rue de Poitiers, ni par la presse répu-blicaine, parce qu'alors, ni celle-ci ni les autres, ne pénétraient dans les couches profondes, — mais par une sorte de magnétisme, comme le magnétiseur agit sur le magnétisé en polarisant sa volonté sur le système nerveux de ce dernier?

Qui ? Personne ; pas même peut-être celui qui sut si bien se servir de l'instrument nouveau et qui devait tant en profiter.

L'élection du 10 décembre 1848 avait cer-tainement fait dresser les oreilles à plus d'un ; mais elle leur inspira l'idée de restreindre le suffrage universel et non celle de s'en servir.

M. Salençon était de ceux-là : aussi vota-t-il la loi du 31 mai avec tous ses amis de la rue de Poitiers. Mais comme il était bien aussi avec le président, il ne vota pas la proposition des questeurs.

— Vous avez peut-être eu tort, lui dit Amélie.

— Oui. Que voulez-vous ? Je sais bien qu'on
dit beaucoup de choses menaçantes dans les
couloirs ; mais c'eût été émettre un vote personnellement hostile au président ; et il est
charmant pour moi. Encore avant-hier, je
dînais à l'Élysée : la princesse Mathilde s'est
montrée particulièrement gracieuse ; elle m'a
dit d'un air fin : « Nous vous comptons parmi
nos meilleurs amis. » Le moyen de répondre
à cela par un bulletin de défiance !

— Vous êtes trop bon.

— Que ne m'avez-vous parlé avant ? Certainement entre vous et la princesse je n'eusse
pas hésité.

— Vous êtes galant.

— Je suis sincère ; est-ce que vous ne savez
pas que quand vous le voudrez, vous gouver-
nerez absolument les votes de votre très humble
serviteur ?

— Oh ! je n'ai pas tant de prétention.

— Et non seulement ses votes, mais toute
sa vie.

Amélie, en ce moment, était seule dans le petit
salon de la rue Serpente avec M. Salençon. Elle
trouva son langage singulier, et plus encore

le ton avec lequel les choses étaient dites. En levant les yeux sur son interlocuteur elle fut frappée de l'étrange expression de son regard.

Elle rougit et se leva, gênée par ce tête-à-tête et par une idée qui lui traversait l'esprit pour la première fois.

M. Salençon comprit qu'elle allait, sous un prétexte quelconque, appeler sa mère, et la retint en lui prenant les deux mains :

— Pouvez-vous donc, lui dit-il, douter jamais du respect du plus dévoué de vos admirateurs ?

Amélie resta et changea la conversation. Mais elle se souvint d'avoir fait la remarque aux dernières vacances, que M. Salençon avait habité bien peu son département; qu'il avait à peine paru aux Sablons et ne semblait pas être resté plus de cinq ou six jours à son autre résidence. En revanche il s'était montré plus assidu que jamais rue Serpente.

Autant qu'il le pouvait aussi, il offrait son bras à ces dames; et souvent il promenait Raoul.

Un nuage passa sur le front d'Amélie à ces pensées qui se groupèrent tout à coup, et elle fut sur le point de parler à sa mère. Mais je ne sais quelle pudeur la retint. En effet, ses inquié-

tudes ne reposaient sur aucune base sérieuse.
Il y avait bien trois ans que M. Salençon se
montrait toujours le même, et les quelques
paroles émues qu'il venait de lui dire étaient
les seules qu'elle eût entendues de lui.

Et d'ailleurs, ne venait-il pas de la rassurer?

Sur ces entrefaites, le coup d'État de Décembre intervint, et M. Salençon, l'homme de la
rue de Poitiers, se trouva, on ne sait comment,
sur la liste de la commission consultative;
puis candidat officiel; puis sénateur aussitôt
la Constitution du 14 janvier en vigueur.

Ce n'est pas qu'il fût plus courtisan qu'un
autre, ni qu'il eût rien sollicité. Non; mais il
faisait depuis longtemps partie du Parlement;
son nom, à force d'avoir été lu dans les scru-
tins, avait acquis une certaine notoriété; il
était bien assis dans sa province; la veille
encore, il frayait avec la rue de Poitiers. Bref,
pour le nouveau régime, encore mal assis, c'était
comme une conquête à faire. On le cherchait,
mais il ne se dérobait pas.

C'était un de ces heureux qui, quoi qu'il
arrive, n'y perdent rien et plus souvent y
gagnent quelque chose.

XX

Que devint Amélie quand, un matin, elle reçut de son beau-père la lettre suivante :

« Ma chère fille, dans la voie que vous avez prise et suivie malgré mes conseils, vous avez, je me plais à le reconnaître et à l'avouer, surmonté bien des difficultés. Je ne sais encore quel sera le succès de votre entreprise extraordinaire, et la fin seule nous le dira ; mais enfin vous avez tenu bon ; des amis communs, et notamment le frère de mon gendre, M. Sardevet, me disent d'autre part que vous élevez bien mon petit-fils ; qu'il va maintenant au

collège et que vous l'avez mis en état de suivre
les cours avec succès.

» Tout cela est très bien et je n'aurais que
des éloges à vous adresser en même temps que
l'expression de notre amitié à tous, si ma
situation de chef de famille ne m'obligeait en
même temps à vous faire des observations sur
un point fort délicat.

» Vous vous êtes fort liée, depuis votre retour
à Paris, avec M. Salençon, un des députés de
notre arrondissement, que par parenthèse votre
mari voyait peu.

» Ce M. Salençon est riche, marié et séparé
de sa femme ; eh bien ! je ne vous le cacherai
pas, cette liaison fait causer.

» J'avais eu l'intention d'abord d'en écrire à
votre mère ; mais j'ai pensé que vous n'aviez
plus l'âge d'être traitée en petite fille ; que vous
saviez fort bien, en général, ce que vous faisiez
et ce que vous vouliez.

» Les Sardevet, je commence par vous le
dire, ne sont pour rien dans ces cancans ; au
contraire, tout ce qui nous revient par eux, à
votre sujet, est toujours excellent. Ce sont de
vrais amis que vous avez là.

» Mais enfin on assure que M. Salençon va chez vous quotidiennement; qu'il vous accompagne souvent quand vous sortez; qu'il gâte beaucoup Raoul; qu'il professe pour vous une admiration exaltée que je comprends, mais qu'il laisse peut-être un peu trop voir.

» Ce qui fait le plus mauvais effet, d'ailleurs, n'est pas encore tout cela : c'est la location faite, par M. Salençon, du château des Sablons.

» M. Salençon n'a nul besoin de cet immeuble et ne l'habite pas. D'un autre côté, il ne faut pas être grand clerc, si l'on veut fouiller un peu votre situation, pour savoir que vous êtes dans des embarras d'argent inextricables et que sans un *Deus ex machina*, arrivé fort à propos, vous eussiez été exécutée l'année dernière par l'avoué de madame Arnoult.

» Le monde est méchant, vous le savez; et bien que vous ayez été très aimée ici, vous ne laissiez pas que d'y exciter quelques jalousies. Le résultat.... c'est que quand on fait visite à votre belle-mère ou à votre belle-sœur, mariée ici, après avoir demandé de vos nouvelles, on ne manque jamais d'ajouter : « Et M. Salençon, ce cher homme, comment va-t-il? »

» Il est inutile d'en dire davantage. Vous savez que si la famille est pauvre d'argent, elle est riche d'honneur, et ce n'est certainement jamais vous qui lui ferez tort de ce côté-là.

» Nous sommes, ma chère fille, vos parents affectueux et dévoués, et votre belle-mère et moi nous vous embrassons.

» DUCREST. »

Amélie éclata en sanglots ! Cette lettre, après les paroles passionnées de M. Salençon, le mois précédent, après les pensées qu'elles avaient fait naître, fut un coup de foudre.

Grands dieux ! elle n'y avait pas pris garde, elle n'y avait pas pensé, et elle se sentait accusée par le monde avec toutes les apparences de la vérité, et compromise vis-à-vis d'elle-même, car elle le sentait bien ! Oui ! M. Salençon l'aimait ; oui, il avait voulu se rendre nécessaire, indispensable peut-être!

Oh ! indispensable ? C'était mal la connaître ! Nul n'est indispensable à qui sait se passer de tout et de tous !

Son premier mouvement encore fut de se

précipiter dans les bras de sa mère. Mais, comme l'autre fois, elle s'arrêta. Depuis quelque temps la santé de sa mère était altérée : pourquoi aller lui porter un tel coup ? Ne convenait-il pas d'attendre, de réfléchir au parti à prendre et d'aller lui demander conseil, seulement quand elle aurait un parti à lui proposer ?

Ses sanglots se changèrent en ruisseaux de larmes ! C'est qu'elle sentait bien, en ce moment, dans quelle impasse elle était engagée !

Rompre avec M. Salençon ? Outre que c'était un éclat qui ne manquerait pas de faire dans son cercle le plus fâcheux effet, comment s'y prendre ? quel prétexte invoquer ? En somme, pas un acte, pas un mot à lui reprocher. D'ailleurs, pour les Sablons, elle avait fait un bail, et ce bail elle n'était pas maîtresse de le rompre par sa seule volonté ; d'autre part, si M. Salençon avait réellement loué les Sablons pour lui venir en aide, était-il loyal et honnête de profiter d'un service d'ami et en même temps de mettre l'ami à la porte ?

Elle se sentait enlacée par mille liens plus difficiles à rompre les uns que les autres ; et en même temps elle se disait qu'à aucun prix

elle ne saurait accepter davantage ni les assiduités ni les services de M. Salençon.

Que faire ! et comment faire ?

Madame Sardevet arriva en ce cruel instant.

— Mon Dieu ! qu'avez-vous, s'écria-t-elle en
la trouvant tout en larmes.

Amélie lui tendit la lettre.

Madame Sardevet la lut, fronça légèrement
les sourcils, puis fit une moue dédaigneuse :

— C'est cette lettre qui vous met dans un
état pareil ? Il faut en prendre et en laisser,
ma chère !

— Vous dites ?

— Je dis qu'il ne faut pas vous boule-
verser ainsi pour des billevesées, des cancans de province ! Vous êtes au-dessus de
cela !

— Mais...

— Quoi ? Vous vivez entre votre mère et votre
fils, entourée d'amis honorables ; c'est tout ce
que le monde est en droit de vous demander.
Répondez cela à M. votre beau-père, qui n'a été
bon à rien, n'est-ce pas ? pour vous tirer de
peine.

— Et alors il pensera...

— Ce qu'il voudra...

— Ce qu'il voudra est bientôt dit ; mais je suis comptable du nom de son fils, et après tout il ne faut pas se dissimuler que les apparences peuvent prêter à la calomnie.

— Ma chère, si vous renvoyez M. Salençon, vous vous priverez d'un appui sûr et puissant et vous ne contenterez pas le monde, au contraire ! Le monde est toujours contre ceux qui se mettent dans l'embarras et pour ceux qui réussissent. Ceux qui ont dit que Salençon vous... « protégeait », diront « qu'il vous a quittée », voilà tout.

Amélie se reprit à pleurer.

— Mais alors que faire ?

— Rien du tout, continuer à vivre comme devant.

— Mais si... c'était vrai ?... Si M. Salençon avait pour moi un sentiment qui peut, un jour, se manifester ?...

Madame Sardevet regarda son amie d'un singulier regard :

— Ah ! ça, ma chère, est-ce que... cette éventualité vous apparaît pour la première fois ?

— A peu près.

— Cela fait tort à votre perspicacité. J'avoue que, pour mon compte, je vous croyais mieux informée.

— Marie !... Mais alors, que croyiez-vous donc ?

— Mais que M. Salençon vous aimait, ce qui se voit de reste, et que vous aviez accepté ses hommages. — en tout bien tout honneur s'entend !

— Oui... en tout bien tout honneur ?... Mais cela, cela seulement, Marie, me révolte la pensée ! Mon cœur, vous le savez, est éternellement à un souvenir. Je vis par le cœur avec Henri, à travers la tombe.

— Ma chère, sortons du rêve pour entrer dans la réalité.

— Et puis, croyez-vous que cela soit possible ? Non, ces choses-là se disent, mais ne se font pas. Quand un homme aime une femme...

— Eh ! ma chère, il y a mille moyens de les tenir à distance et vous avez trop d'esprit pour que j'aie besoin de vous les enseigner ! D'ailleurs qu'importe ?

— Comment, qu'importe ?

— Je veux dire qu'il ne faut pas se préoccuper de ces choses-là.

— Ainsi ?

— Rien. Je vous sais incapable de jamais faillir. Mais à supposer que ceux qui vous connaissent moins en vinssent à douter : eh bien ! ils penseraient que vous êtes veuve et libre ; que M. Salençon est à peu près veuf... et ils fermeraient les yeux.

— Vous m'accablez ! Quoi ! je pourrais, moi, être ou paraître la maîtresse de M. Salençon ! Et sa maîtresse entretenue encore !

— Vous vous servez d'expressions vives. Ma chère, le monde y met plus d'euphémisme... « Maîtresse entretenue », qui parle de cela, bon Dieu ? Mais tenez, ne connaissez-vous pas comme moi madame de Sainte-Hermine ? Elle est venue vous voir, et vous lui avez, je crois bien, rendu sa visite. Qui parle mal de madame de Sainte-Hermine ? Elle est reçue partout ; elle va à la cour ; elle reçoit ; elle est élégante... Elle a, dit-on, un mari aux îles que personne n'a jamais vu ; qui lui demande d'où viennent ses revenus ? Son mari, probablement, lui sert vingt mille livres de rente :

à moins qu'elle ne les ait eus en héritage ; enfin qui s'en préoccupe ?

— Et vous soupçonnez madame de Sainte-Hermine de...

— Moi ! Dieu m'en garde ! Si je savais chose pareille, je ne la verrais pas certainement, et elle serait mise à la porte de partout.

— Alors, quel rapport ?...

— Aucun, si vous voulez: seulement un vieux général est toujours à ses ordres, et un banquier, des amis de mon mari, est à l'affût de ses caprices. Quoi d'étonnant ? une si jolie femme !

— Je vous entends alors: puisque nous voici dans la banque, elle serait en commandite !

— Je ne vous connaissais pas, vraiment, ces brutalités de langage : ce que j'ai voulu dire, c'est que, quoi qu'il en soit, personne ne songerait jamais à mettre sur la même ligne madame de Sainte-Hermine avec une Amanda ou une Rosita quelconque. Il ferait beau voir le général, — un ami de son mari, paraît-il, — si elle n'était pas au premier rang aux courses dans l'enceinte du pesage, aux Tuileries dans la salle des Maréchaux !

— Et vous en concluez ?

— Que vous avez dans le monde une situation et un rang, à soutenir une autre fortune que madame de Sainte-Hermine ; qu'il ne tenait qu'à vous de la prendre, et qu'on n'en eût pas jasé davantage... Voyez-vous, ma chère, le monde... a besoin de se faire pardonner : c'est pourquoi il aime les gens qui ont besoin d'indulgence... Quant aux puritains dont la vie semble se poser devant lui comme un exemple, il leur en veut sans se l'avouer ; et plus ils donnent, en fait de vertu, plus il leur demande. Il a besoin de leur trouver quelque tare secrète. Il ne pardonne pas, croyez-moi, à ceux qui forcent son admiration. « Qui es-tu donc, toi, qui te prétends pur ? toi qui pratiques, de bonne foi, les maximes qu'on débite en chaire ou dans la Morale en action ? Toi, homme, qui ne transiges jamais avec la probité : toi, femme, avec la pudeur ? » Et il cherche, et il fouille ; et s'il ne trouve pas, il s'irrite de ne pas trouver. Allez ! ce n'est pas en agaçant la bête qu'on la désarme !

— Ce que vous dites est vrai, tristement vrai, ma chère ; oui, je le reconnais : que

je ne fasse aucun cas de l'avertissement de
mon beau-père, ou que je rompe le bail des
Sablons et que je cesse de recevoir M. Salençon,
il n'en sera ni plus ni moins pour ma réputation... mais...

— Pardon ! il sera beaucoup plus funeste à
votre réputation de vous brouiller avec M. Salençon, — auquel, remarquez bien, vous n'avez
rien à reprocher, au contraire, — que de laisser courir les choses et jaboter les commères.
Tenez ! savez-vous ce qu'il faudrait ? C'est que
M. Salençon fût averti : il n'est pas maladroit
et sait prendre son monde ; avant trois mois,
tout Senlis jurerait que vous êtes une sainte.

— Gardez-vous bien de lui dire un mot de
tout ceci ! Cela pourrait l'encourager peut-être ;
et voyez-vous, Marie, au fond, si j'étais parfaitement sûre que je n'ai rien à redouter de lui,
peu m'importeraient les propos de Senlis,
recueillis par mon beau-père.

— Enfant !... Voyons, vous l'avez donc en
horreur ce pauvre homme ?

— Ah ! je vous en prie, pas un mot là-
dessus ; nous sommes à mille lieues de nous
entendre !

14

— Je le vois bien ; et pourtant c'est vous qui avez tort. Pensez à toutes choses... au présent difficile ; à l'avenir de votre fils, incertain, menacé peut-être... Il aurait là, en somme, un tuteur, un ami, presque un père...

Amélie frissonna et bondit sous l'injure...

Cependant madame Sardevet la laissa décidée à ne rien changer aux choses tant que, de la part de M. Salençon, aucune parole, aucune démarche, ne modifieraient la situation.

Après tout ! Peut-être était-il grand cet homme ! peut-être aimait-il en silence et sans espoir ! peut-être n'avait-il jamais songé qu'à devenir et à rester un respectueux ami... et alors ?... Et alors, ce cœur exquis, cet incomparable ami, ce trésor, on le rejetterait à la première sommation d'un avoué de province, honnête homme, je le veux bien, mais, après tout, incapable d'une haute visée et d'un sentiment généreux ?

A cette pensée que peut-être elle avait là, près d'elle, un de ces types admirables qu'on se plaît à rêver, mais qu'on rencontre si rarement dans la vie réelle, une sorte de soulagement passa dans le cœur d'Amélie. « Serait-ce

possible ? » Oh ! alors, comme elle sentait
qu'elle l'aimerait !

Oui, chose singulière : cet homme qui lui
faisait horreur dès qu'il lui apparaissait comme
un chasseur de femme guettant sa proie ; dès
qu'elle l'entrevoyait réclamant, à une certaine
échéance, le prix de ses services ; traçant autour
d'elle les lignes de circonvallation comme autour
d'une forteresse ; calculant l'heure fatale de la
reddition de la place ; — cet homme lui devenait
cher dès qu'elle pouvait l'entrevoir comme un
noble cœur ! Et pour bien peu de chose, assurément, comptait la personne de M. Salençon dans
cette alternative.

Il était — l'ai-je dit ? — entre deux âges, un
peu gros, un peu chauve, un peu vulgaire...
— Mais quoi ? Amélie l'avait-elle jamais regardé ?
Il pouvait en un instant, pour elle, devenir
ignoble — ou sublime.

XXII

Madame Langlé souffrait décidément de l'estomac : elle digérait mal, maigrissait, prenait un teint jaune. Le médecin la mit au régime du lait et, pendant quelque temps, le lait parut lui faire du bien ; puis un jour elle se dégoûta du lait, qui se coagulait sur l'estomac, et elle prit des goûts bizarres : elle eut envie d'artichauts crus, de radis noirs, de sauces pimentées.

La pauvre femme, qui avait l'habitude des privations, ne demandait rien dès que les appétits de son estomac se tendaient vers une chose coûteuse; mais quand il s'agissait des crudités qui se trouvent facilement pour quelques sous, elle se trahissait plus volontiers.

Amélie, qui la connaissait bien, devinait sous ces fantaisies maladives les ravages d'une maladie intérieure qui l'inquiéta d'abord et bientôt l'effraya.

M. Salençon se montrait particulièrement bon et dévoué en ces circonstances. Il comblait d'attentions madame Langlé et semblait ne s'occuper que d'elle seule. C'était pour prendre de ses nouvelles qu'il multipliait ses visites ; pour lui laisser les soins de sa fille qu'il s'occupait davantage de Raoul.

D'ailleurs, pas une démarche dont la sévérité d'Amélie pût s'offenser. Il lui prenait la main, la serrait, quelquefois la portait à ses lèvres avec un regard où se confondaient la tendresse, le dévouement et le respect, et, le plus souvent, en présence de madame Langlé: c'était tout.

Quand Amélie comprit que l'état de sa mère avait une véritable gravité, elle crut devoir écrire à son frère, qui était alors à la tête du parquet de Moulins, et à sa sœur Henriette que les mutations universitaires de son mari

14.

avaient envoyée à Marseille, et tous deux ne tardèrent pas à arriver à Paris.

Charles n'était pas encore marié : il se sentait peut-être encore trop nécessaire à sa mère, à sa sœur, à son neveu, au moins comme appui moral, pour se faire une famille propre.

Henriette, au contraire, appartenait tout entière à sa nouvelle famille. Elle avait trois petits enfants, qui à élever, qui à soigner, qui à nourrir ; et ce ne fut qu'à grand'peine qu'elle put s'arranger pour les laisser à Marseille, aux mains d'une femme de confiance, tandis qu'elle venait à Paris, voir sa mère.

Tous trois ne s'étaient pas trouvés réunis depuis longtemps. Charles avait trente-cinq ans, Amélie trente-deux ; Henriette n'en avait que vingt-six, et cependant ne paraissait guère plus jeune que sa sœur : trois maternités successives, une vie exclusivement consacrée aux soins du ménage l'avaient un peu alourdie et fanée. Peut-être aussi le rang secondaire où végète, en province, la femme d'un professeur, la maintenait-il dans une moyenne de toilette, de ton et de façons qui peu à peu l'éteignaient ou la diminuaient.

Toujours est-il qu'Amélie et madame Langlé, en l'apercevant, après cinq ans de séparation, éprouvèrent une sorte de serrement de cœur. Elles avaient quitté une jeune femme, presque jeune fille encore, elles retrouvaient une mère de famille pour qui ces cinq années comptaient comme quinze.

L'une et l'autre, cependant, avaient bien d'autres sujets de mélancolie. Madame Langlé devinait la gravité de son état. Amélie comprenait, à certains signes, que sa sœur s'effarouchait un peu de l'intimité de M. Salençon dans la maison, et le sentiment qu'elle pressentait chez sa cadette la faisait souffrir, parce qu'il ne se manifestait pas de façon à ce qu'elle pût le relever, de sa dignité la plus haute, et parce qu'elle en était trop blessée pour descendre à des explications.

Charles, lui, ne s'étonnait point. Il avait connu M. Salençon lors de sa disgrâce en 1848; il savait ses assiduités rue Serpente; il ne pouvait trouver étrange que dans le moment actuel, quand madame Langlé était assez souffrante pour donner de l'inquiétude à ses enfants, il vînt plus souvent encore que d'ordinaire,

Charles, enfin, n'avait jamais douté de sa sœur. Cependant il avait, de temps à autre, un pli au front: parce qu'il comprenait que la situation était fausse et ne pouvait se prolonger.

Il y eut une consultation de médecins : Charles les conjura de lui dire toute la vérité. Ils parlèrent avec périphrase de tumeur à l'estomac : c'était un arrêt de mort.

En effet, madame Langlé, malgré les soins les plus dévoués et les plus intelligents, dépérissait de jour en jour. Elle ne digérait plus rien; elle maigrissait, comme maigrissent les malades atteints de cette cruelle maladie et qui ne vivent plus qu'en absorbant leur propre substance. Sa peau prit des tons de vieil ivoire, puis des tons plus jaunes et se tendit sur ses muscles d'abord, sur ses os ensuite.

Ses enfants observaient avec désespoir les progrès de la maladie; et elle ne se faisait pas d'illusion sur son état. Toutefois, des deux parts, on s'efforçait de se tromper : les enfants en berçant la malade de l'espoir d'une prompte guérison; la mère en les assurant chaque jour, en dehors de ses heures de crises, qu'elle se sentait mieux.

Et pourtant le terme fatal approchait : « Quand vous verrez le visage prendre une couleur jaune paille, avaient dit les médecins à Charles, c'est que le cruel dénouement sera proche. »

Les médecins connaissent si bien la marche de l'inexorable maladie qu'ils peuvent en effet prédire, presque à coup sûr, l'heure où, les dernières ressources de la vie étant épuisées, la lampe humaine va s'éteindre, faute d'huile.

Et la connaissance du malade persiste jusqu'à la dernière extrémité.

— Ma fille, dit la mourante à Amélie, quand elle sentit le moment venu de parler : quand je ne serai plus là, il faudra t'en aller soit avec ton frère, soit avec ta sœur. D'abord, je sais combien te semblerait triste ce petit logis, où nous avons vécu, presque toute la vie, à côté l'une de l'autre; et puis... il faudra rompre tes habitudes; tes relations aussi, peut-être.

— Mère, éloignons la pensée cruelle d'une séparation : mais sache bien que, toujours et en tous cas, ta volonté — que dis-je? tes conseils me seront sacrés.

— Je sais bien, poursuivit la mourante, que tu auras quelques difficultés d'arrangement à cause de Raoul et de son collège. Mais il y a des circonstances où tout doit céder à des considérations d'ordre supérieur.

C'est tout ce qui fut dit dans la famille au sujet de la situation où allait se trouver Amélie, et, pour tout le monde, ce fut assez.

— Tu vas aussi te trouver bien gênée, ma pauvre enfant, dit la mère; comment feras-tu?

— Encore une fois, mère, ne pense pas à ces tristes choses...

— Et n'oublie pas, mère, que tu as un fils qui est le frère d'Amélie, ajouta Charles en embrassant les mains décharnées de madame Langlé.

— Bien, Charles, je te la confie.

— Et, dit Henriette, si Amélie veut nous donner Raoul.

— Merci, ma chère sœur; mais Raoul ne me quittera pas. Il y a un lycée à Moulins, n'est-ce pas Charles?

— Sans doute.

La mort de madame Langlé allait en effet laisser Amélie dans une situation cruelle. La rente de madame Langlé s'éteignait avec elle: restaient les frais occasionnés par la maladie,

la mort et les funérailles, par le règlement des
dépenses courantes, par un voyage, à deux,
encore assez coûteux, avec un budget aussi
scrupuleusement réglé que celui de ces
dames.

Amélie pensa qu'elle ramasserait tout ce
qui lui restait à vendre et qu'elle pourvoirait
ainsi à l'indispensable. Pour le reste, elle ap-
porterait dans le modeste ménage de son frère
le millier de francs qui lui restait sur les fermages des Sablons.

Et c'était une autre existence à recommencer :
une nouvelle existence de province !

Cette idée lui serrait le cœur. La province !
Que lui importait, alors qu'elle était l'épouse
aimée d'un mari qu'elle aimait ? Mais aujour-
d'hui... Le souvenir de la lettre de son beau-
père, à propos de M. Salençon, la faisait fré-
mir. Et puis, aussi, elle regardait sa sœur : plus
jeune qu'elle par les années et moins jeune
par tant d'autres choses ! Henriette, il est vrai,
n'avait pas reçu de la nature autant de ressort
qu'Amélie ; mais, toute énergie s'use avec le
temps, la méconnaissance, la solitude. Et puis
ces amitiés chaudes qui l'entouraient rue Ser-

pente, le milieu intellectuel et sympathique
au sein duquel elle avait accoutumé de vivre,
tout cela lui tenait au cœur plus qu'elle n'eût
su dire.

Elle aimait Paris d'ailleurs, la Parisienne!
Non le Paris du luxe et du bruit, mais Paris
de la petite fortune qui confine pourtant à
l'autre.

Que sait-on, en effet, lorsqu'on parcourt les
rues vivantes, brillantes et affairées, lorsqu'on
regarde les étalages superbes des magasins, si
tout cela n'est pas à vous?

Les théâtres? On y va peu ou prou ; on cause
avec ceux qui y sont allés. Les nouvelles? On
les sait dès qu'elles sont, et on en connaît le
sens intime. De chaque pavé, il sort une idée;
la vie matérielle, d'autre part, est si facile qu'on
ne s'en préoccupe jamais; ce qui, dans tel quartier, est cher pour le riche, dans tel autre, est
bon marché pour le pauvre; la misère triste s'y
évite moins difficilement que partout ailleurs;
en tous cas, on la déguise, on la cache, et elle
est de moitié moins amère quand le voisin ne
la voit pas. Et que de ressources! Comme avec
rien une femme y est élégante et jolie!

Jamais, Amélie, jusqu'alors, n'avait senti
combien elle aimait Paris, son quartier, son
milieu. Un grand amour d'ailleurs, comme celui
qui l'avait accompagnée quand elle quitta
Paris pour Senlis, vous enlève à tout le reste et
vous transporte, où qu'on aille, dans des régions
autrement enchantées que toutes les régions ter-
restres. Mais quand ce puissant levier manque,
alors les mille liens de la vie ordinaire vous
reprennent et vous enlacent; on sent avec
intensité la puissance du milieu, de l'air
ambiant, des habitudes : un frisson vous prend,
à la pensée d'entrer dans l'alvéole d'une ruche
étrangère; un froid vous pénètre, comme s'il
s'agissait de franchir le seuil d'un cloître.

Quand donc, en revenant avec son frère et
sa sœur du cimetière du Père-Lachaise, où toute
vieille famille parisienne a son tombeau de
famille, Amélie rentra dans l'appartement de la
rue Serpente, elle pleura toutes ses larmes.
Elle pleura sa mère d'abord, sa mère adorée,
avec laquelle toujours elle avait vécu cœur à
cœur; mais aussi elle pleura sa jeunesse qu'elle
venait en même temps d'ensevelir.

On a fini d'être jeune en effet quand les ascen-

15

dants ont disparu; quand personne n'est plus là, près de vous, pour représenter un passé que vous n'avez pas connu; quand c'est vous qui, pour de plus jeunes, devenez les représentants du passé.

Plus rien que des ombres dans cet appartement de la rue Serpente! Et pourtant combien encore Amélie l'aimait!

XXIII

— Qu'est-ce que j'apprends, ma chère amie?
Que m'a dit hier votre frère? que vous quittiez Paris? que vous alliez, avec lui, vivre à
Moulins? Il s'agit d'un voyage de quinze jours
pour vous remettre un peu, n'est-ce pas?

— Mais non : très sérieusement, Marie je
quitte Paris.

— Je pense que vous n'avez pas réfléchi aux
conséquences de cette résolution.

— Mais si.

— C'est un suicide, tout simplement.

— Je le sais.

— Et, le sachant, vous allez quitter ici vos

relations, vos amitiés, vos habitudes pour vous
enterrer toute vive ?

— Que voulez-vous ?

— Mais votre fils ?

— Je l'emmène.

— Et qu'en ferez-vous là-bas, sans protec-
teurs ?

— Un saint-cyrien d'abord, un sous-lieutenant ensuite ; et ma tâche maternelle sera
sinon terminée, au moins presque remplie
dans ce qu'elle a de plus indispensable.

— Tout cela parce que vous craignez ici
M. Salençon, n'est-ce pas ?

— Peut-être.

— Mais c'est de la folie ! En quoi avez-vous à
vous plaindre de lui ?

— Marie, je l'ai promis à ma mère, voilà qui
répond à tout.

— Eh bien ! au moins croyez-moi, ne donnez
pas congé de votre appartement, attendez les
événements : voyez comment vous vous accoutu-
merez à la vie de province.

— Vous oubliez, que je ne puis me charger de
frais inutiles ; la mort de ma mère réduit encore
mes petits revenus.

— Vous vous noyez, ma chère, dans de menus détails, et avec cela vous vous perdez. Mais si vous tenez à quitter Paris, que n'allez-vous à Senlis, chez votre beau-père ? Vous avez là toute une société et des intérêts.

— A Senlis, je serais en butte aux reproches de mon beau-père qui n'était pas du même avis que moi, sur la façon d'arranger les choses, à la mort de mon mari. Or comme les événements semblent lui donner raison, à quoi bon aller me l'entendre dire toute la journée ? Et puis je ne veux pas lui laisser mettre la main sur son petit-fils. Il est à moi cet enfant ; c'est ma seule consolation, mon seul amour en ce monde, je veux le garder.

A la désastreuse nouvelle, M. Salençon, lui, n'avait rien dit ; mais Amélie avait vu distinctement de grosses larmes rouler dans ses yeux, et elle en était restée tout émue.

Au fond, elle avait pour cet homme un sentiment tendre. De quelle nature ? Ah ! ce n'était pas de l'amour assurément, car à la seule pensée de recevoir un baiser de lui, un frisson la soulevait tout entière, et soudain il lui faisait horreur. Mais son amitié lui était douce : elle se

laissait aimer sans savoir si la tendresse dont
elle était entourée lui venait d'un père ou d'un
ami; et tout en éprouvant une véritable peine
à blesser ce brave cœur, elle sentait aussi une
sorte de tristesse à la pensée de le perdre.

— Ma bien chère amie, lui dit-il enfin, après
avoir guetté l'heure de la trouver seule, non,
vous ne ferez pas cela; vous ne vous en irez
pas. Vous ne me laisserez pas seul quand, enfin,
j'entrevoyais l'heure où je deviendrais tout pour
vous.

— Que voulez-vous dire?

— Eh! vous ne savez que trop combien je
vous aime! et avec quelle abnégation depuis
des années je vous sers...

— Abnégation?

— Non! retirons ce vilain mot, car vous
m'avez rendu bien heureux! Vous m'avez
donné des joies incomparables et telles que si,
pour les conserver, il fallait s'engager à n'en
espérer jamais d'autres, je m'engagerais à l'instant!

— Permettez-moi de vous dire que vous me
tenez un étrange langage et que je ne m'atten-
dais pas à vous entendre jamais m'exprimer

des sentiments qui, au fond, vous le sentez
bien, sont une injure !

— Parlons sincèrement et sans hypocrisie,
ma bien chère Amélie : l'amour d'un homme
ne saurait jamais être une injure pour une
femme quand elle sait à n'en pas douter, et
vous le savez ! que, si cet homme était libre,
ce serait son nom, sa fortune, sa vie tout
entière qu'il mettrait à ses pieds !

— Mais vous n'êtes pas libre !

— Et voilà pourquoi depuis cinq ans je
garde le silence ; pourquoi je me suis borné à
respirer humblement l'air que vous respiriez,
à garder mon trésor afin qu'au moins nul ne
vînt le prendre !

— Et aujourd'hui, vous avez plus d'audace ?

— Aujourd'hui, vous êtes seule au monde,
sans fortune, presque sans ressources, et vous
allez vous arracher à moi pour toujours ? C'est
pourquoi l'heure est venue de parler avec franchise et de déchirer tous les voiles. Oui, ma
chère amie, j'ai espéré que vous vous laisseriez
attendrir par mes soins ; que vous me feriez
dans votre cœur une place à part, meilleure
que toutes les autres.

— Cette place vous l'aviez !

— Et je ne l'ai plus ! et vous me la reprenez !
Pourquoi ! Parce que vous m'avez mis dans la
nécessité d'être sincère et que je l'ai été !

— Parce que vous venez de me faire entendre
que n'ayant à m'offrir que le déshonneur, vous
aviez attendu pour me le proposer que je
fusse seule et dénuée.

— Laissons donc ces formules de convention,
je vous en prie ! Qu'est-ce que le déshonneur ?
Serait-ce étant libre, d'accepter l'amour d'un
homme qui vous estime de tout son cœur ?

— Étrange estime !

— Mais oui, qui vous estime ! qui vous
estime autant qu'il vous adore ! Voyez donc
combien avec de grands mots on dénature une
situation. Vous êtes ici chez vous, n'est-ce
pas ? on est accoutumé à vous y voir, à y
venir, à m'y rencontrer. Qui donc s'attend à
un changement dans votre existence ? On jasera
peut-être plus, en vous voyant partir, qu'en me
voyant continuer à rester votre ami. Et croyez-
vous donc, qu'avec vous, mon ton changerait ?
Jamais plus respectueux ami que moi parmi
vos amis.

— Merci.

— Et si jamais quelqu'un osait... mon bras peut encore tenir une épée.

— Je n'aurais pas dû en entendre aussi long, reprit Amélie d'un ton sévère; mais jusqu'ici vous avez été mon ami; mais au fond je vois que, dans votre esprit faussé, la proposition que vous me faites n'est pas tant injurieuse qu'elle l'est, en réalité. Eh bien ! ne voyez-vous pas que j'ai ici près de moi un témoin aujourd'hui, un juge plus tard, mon fils !

— Nous le mettrions pensionnaire au collège.

— C'est cela, pour être plus libres : femme perdue d'abord, mauvaise mère ensuite !

— Comme vous exagérez tout ! Eh ! mais votre fils pourrait encore rester près de vous et jamais ne se douter de rien.

— Et je volerais son respect !

— Mais encore une fois vous êtes libre ! et si je l'étais aussi vous pourriez être ma femme. Il y a bien des veuves qui se remarient; vous avez ma parole; que manquerait-il donc à notre union ? Un paragraphe du Code, lu par le maire, et la bénédiction du curé. Un esprit libre et haut, comme le vôtre, peut-il tenir à ces choses ?

15.

— Écoutez-moi, cher ami : je veux bien encore vous donner ce titre, et il m'en coûtera, croyez-le, si vous me forcez à le reprendre ! Une parole va suffire pour vous répondre : si vous étiez libre et si vous m'offriez votre main, eh bien ! au lieu de m'offenser je vous remercierais profondément de l'honneur que vous me feriez, mais je n'accepterais pas.

M. Salençon fit un haut le corps.

— Comment ? dit-il.

— Je suis veuve de fait, mais je suis restée épouse. Jamais plus je ne pourrais donner mon amour à un homme. — Mais quelle place il y avait dans mon cœur pour l'amitié !

— Eh bien ! gardez-la-moi, cette amitié précieuse et chérie ! Je vous l'ai dit : restez ; ne changez rien à notre vie passée et... que voulez-vous ? je me résignerai : j'attendrai !

— Cela n'est pas possible, mon ami ; une séparation momentanée est nécessaire. Je partirai. Mais vous m'écrirez, je vous répondrai — sur le ton qui convient, s'entend ; — et plus tard, dans quelques années... quand j'aurai des cheveux blancs et que Raoul portera l'épaulette, nous nous retrouverons.

— Raillerie ! Et moi, pendant ce temps-là ?

— Vous prendrez d'autres habitudes, vous trouverez quelque amie... plus complaisante !

— A mon tour, laissez-moi vous dire que je n'ai pas mérité cette injure.

— Enfin, cher monsieur, j'ai pris, quoi qu'il m'en coûte — et je vous avoue qu'il m'en coûte, — j'ai pris la résolution de partir avec mon frère et mon fils.

— Allez à Senlis, au moins, il me sera permis de vous y voir !

— Pas pour le moment; plus tard peut-être. Mais, à ce propos, j'ai à vous demander une chose : c'est la résiliation de notre bail.

— Pourquoi ?

— Parce que j'ai compris que l'habitation des Sablons vous était inutile, puisque vous n'y habitez pas : que ce bail, par conséquent, n'a pù être qu'un moyen détourné de me rendre service, et que... je ne saurais accepter de service, surtout après l'explication qui vient d'intervenir entre nous.

— Alors c'est une rupture... complète, et vous ne voulez même plus de moi pour ami ?

Deux larmes, deux grosses larmes comme

celles qu'Amélie avait déjà vues rouler sur les joues de M. Salençon, descendirent des yeux du pauvre homme dans sa barbe.

Ces larmes, encore une fois, émurent Amélie. Elle se leva :

— Je vous en prie, dit-elle, cessons cette conversation qui m'est cruelle... comme à vous. J'ai cru devoir prendre une résolution : cette résolution m'a été demandée par une mère mourante ; je n'en changerai pas. Et vous, mon ami, plus tard, vous me rendrez justice.

— Je ferai tout pour vous empêcher de partir.

— Ne faites rien, ce serait inutile.

— Mais je vous aime, moi ; je vous aime passionnément, je ne vis plus que par vous.

Et lui aussi, M. Salençon se leva, puis saisit les deux mains d'Amélie, la regarda d'un air ardent, égaré, et les lèvres frémissantes :

— Je vous en prie..., je vous en supplie, balbutia-t-il.

Et ce fut une scène cruelle : lui, voulant l'obliger à rester parce qu'elle n'aurait plus rien à sauver ; elle se défendant...

Enfin c'était l'heure où Raoul rentrait du collège ; il arriva. Ce fut fini.

Mais le lendemain Amélie s'arrangea pour ne pas rester seule un moment au logis.

Et le surlendemain elle était partie.

La précipitation de son départ l'empêcha de mettre ordre à toutes ses affaires à Paris ; elle pensa que de Moulins elle écrirait à madame Sardevet d'une part, à son beau-père de l'autre ; et quant à l'appartement de la rue Serpente, elle avait un bail et ne pouvait le rompre qu'avec de certaines formalités. D'ailleurs, le petit mobilier laissé par madame Langlé appartenait aux trois héritiers ; et tous trois étaient tombés d'accord de prendre, à ce sujet, des arrangements à l'expiration du bail.

Henriette Lemot, Charles Langlé et Amélie Ducrest partirent donc tous les trois ensemble — et se séparèrent à moitié route, Amélie, Raoul et Charles allant à Moulins, et Henriette retournant à Marseille.

XXIV

Quand Amélie entra, au bras de son frère, dans une maison froide et nue, sans jardin, et ayant pour toute vue, au bout d'une rue plate et solitaire, une aile du Palais de Justice, elle eut une crampe au cœur. Cette fois ce n'était plus comme jadis, alors que l'amour revêtait tout de pourpre et d'or ; où l'ardeur de la jeunesse et l'entraînement du bonheur lui donnaient la puissance de transformer les plus laides choses.

Elle entra, se blottit dans la chambre qu'on lui désigna, accommoda tout près une chambrette pour Raoul, lui organisa un petit bureau pour travailler au retour du collège, et ce fut fini.

C'est qu'elle était cruelle, désormais, la situation d'Amélie !

Plus rien ! rien ! Et il allait falloir résilier le bail de M. Salençon... Tous ses efforts étaient perdus... Son beau-père avait eu bien raison ! elle s'était engagée dans une folle entreprise : il allait falloir aussi lui en faire l'aveu, et lui demander aide et secours pour Raoul.

Cette humiliation lui était particulièrement cruelle : si cruelle, qu'elle hésitait à s'y soumettre, qu'elle s'efforçait de trouver encore un moyen de l'éluder.

Elle s'en ouvrit à son frère, qui comprit bien et la portée du désastre et la difficulté de la situation.

En somme, depuis huit ans, elle avait versé quarante-huit mille francs sur la propriété des Sablons !

— Je vais chercher, dit Charles, comment faire et s'il y a moyen d'en sauver quelque chose. En somme, tu as bien fait, à la mort de ton mari, de tenter l'entreprise ; car il ne pouvait rien en arriver de pis que ce qui arrive aujourd'hui. Tu te trouvais alors à la merci de ton beau-père : eh bien ! tu auras toujours en

cinq années d'indépendance. Écris-lui qu'ayant
pris en considération les observations qu'il
t'a faites, mais n'ayant pu, à cause de la maladie de ta mère, y donner une suite immé-
diate, tu viens le prier, aujourd'hui, de rompre
le bail fait avec M. Salençon ; en même temps
tu lui expliqueras les raisons qui t'ont décidée
à te retirer auprès de moi. Et il n'a pas besoin
de savoir au juste quelle est ma situation de
fortune. Je puis être en état de te donner asile
et d'élever mon neveu ; et de fait, nous nous
en tirerons, tu verras !

Amélie écrivit, porta la lettre elle-même à
la poste, puis s'en revint lentement chez son
frère, en longeant les rues désertes et mornes.
Elle avait des larmes pleins les yeux : les premières qu'elle versât sur elle-même :

« Allons ! maintenant, c'en était bien fini,
pour elle, de tout en ce monde ! désormais,
elle allait vivre là sa vie durant : sans but à ses
efforts, sans aliment pour son activité, sans
stimulant pour son esprit. Elle aimait bien son
frère : elle adorait Raoul ; mais encore cinq ou
six ans et Raoul la quitterait. Alors elle vieil-
lirait, comprimée sous l'atmosphère épaisse de

province et partageant ses heures entre le whist,
la surveillance du ménage et le raccommo-
dage du linge...

Et encore !.. si son frère ne se mariait pas !

. . . .

Peu de jours après elle reçut une lettre de
Senlis.

Chaque fois qu'elle recevait un pli de son
beau-père, elle hésitait à l'ouvrir, parce que,
généralement, ce pli lui apportait une amer-
tume ou une blessure ; et en ce moment, elle
avait vraiment de douleurs ce qu'elle en pouvait porter.

Cette fois cependant la lettre de M. Ducrest
lui apportait la délivrance.

Elle lui annonçait le récent décès de madame
veuve Arnould... lequel, *ipso facto*, rendait Amélie et Raoul Ducrest propriétaires des Sablons,
comme héritiers de feu Henri Ducrest; et mettait fin à la terrible rente annuelle de six
mille francs !

Désormais elle était libre ! désormais elle
avait un douaire et son fils un patrimoine !

« J'ai eu grand'peur pour vous, ma chère
fille, ajoutait M. Ducrest en vous voyant ten-

ter l'entreprise dangereuse de payer l'annuité de madame Arnould, étant sans ressources comme vous l'étiez ; mais la Providence est venue à votre secours au moment où vous en aviez le plus besoin. En somme, vous avez donc bien fait, puisque vous avez réussi. Vous voilà riche : je veux dire avec une honnête fortune, car depuis quelques années les propriétés ont, comme vous le savez sans doute, beaucoup gagné de valeur.

» J'approuve la résolution que vous avez prise de vous retirer auprès de votre frère, à cause du deuil que vous partagez d'abord ; et puis parce que, dans notre département, vous eussiez été l'objet, sans doute, d'assiduités compromettantes dont il vous aurait été difficile de vous défendre ; mais quand votre grand deuil sera passé, j'espère bien que vous nous viendrez, avec Raoul, dont vous nous avez tous privés depuis bien longtemps.

» Quant à la rupture du bail des Sablons, je suis heureux d'avoir eu le temps de faire les premières ouvertures à M. Salençon, avant le décès de madame Arnould.

» Il convient maintenant, je crois, d'attendre

sa réponse, et, les ouvertures faites, nous devons y mettre, ce me semble, d'autant moins d'empressement que cette rupture, ruineuse pour vous hier, deviendrait désirable aujourd'hui.

» DUCREST. »

Amélie, à la lecture de la lettre de son beau-père, n'eut pas l'éclat de joie auquel on aurait pu s'attendre. Elle éprouvait une sorte de honte, à saluer par un cri de triomphe la mort de cette pauvre vieille madame Arnould, qu'elle n'avait jamais connue.

Une autre vieille femme aussi venait de mourir. Et celle-ci combien pleurée !

C'est qu'elle laissait des enfants ; c'est qu'elle avait été une admirable mère ! « Ah ! pensa tout de suite Amélie, que n'a-t-elle assez vécu pour apprendre notre salut, pour en jouir ! pour revenir avec nous aux Sablons ! »

Cette pauvre madame Arnould avait passé sa vieillesse seule, maltraitée par ses gens ; et sa mort, pour ses héritiers de fait, était une délivrance. Triste destinée après tout !

Le frère et la sœur s'étaient jetés dans les bras

l'un de l'autre, et par quelques mots entrecou-
pés, avaient échangé ces pensées.

— Ah ! ma chère Amélie, dit enfin Charles,
que ce dénouement me délivre d'une grande
angoisse! je ne savais vraiment comment sauver, pour toi et pour Raoul, une épave de votre
désastre imminent. Tu as bien agi, en rompant
ton bail avec M . Salençon : c'était simple,
c'était juste; tu ne pouvais faire autrement,
du cœur dont je te sais et dont nous sommes
tous, Dieu merci ! mais c'était héroïque...

Et combien de choses simples sont héroïques?
On n'y réfléchit pas assez... on ne sait pas assez
que ce sont les nobles et honnêtes caractères,
trempés dans la moyenne sociale, qui font la
force morale d'un pays.

Un beau fait d'armes, c'est bien. Le chevalier
d'Assas et les cavaliers de Reichshoffen sont sublimes... Mais n'est-elle pas sublime aussi, cette
bourgeoisie qui sans éclat, sans mise en scène,
et même avec une sorte de pudeur, renonce à
sa dernière chance de salut, abandonne sa dernière ressource, devant un scrupule de délicatesse

Eh bien ! il faudrait savoir combien de fois de

tels actes s'accomplissent, dans les entrailles de la société, pour évaluer la puissance d'une nation à l'heure de la défense nationale...

Quand il y a beaucoup de femmes dans un pays qui savent être pauvres, et qui mettent plus haut leur indépendance et le respect d'elles-mêmes que le bien-être de la vie, et quand il y en a quelques-unes seulement qui, après avoir fait l'impossible pour conquérir une fortune à leurs enfants, savent la sacrifier le jour où il faut, dans le gouffre, avec leurs efforts jeter encore leur honneur, alors ce pays est fort, ce pays sera libre, ce pays saura se défendre, et contre le despotisme et contre l'étranger.

Quand il y a beaucoup d'hommes dans un pays qui demandent leur pain uniquement à leur travail, leur bien-être uniquement à leur épargne; qui se marient, ont des enfants, les élèvent pour faire comme eux, alors encore ce pays est fort, ce pays sera libre et saura se défendre et contre le despotisme et contre l'étranger.

Et ces femmes et ces hommes, c'est dans les entrailles mêmes de la nation, dans le peuple et dans la moyenne bourgeoisie, dans le noyau central de la société qu'il les faut chercher et compter.

Qu'on ne s'occupe pas des sommets et qu'on ne fouille pas les bas-fonds ; car les sommets aujourd'hui ont perdu la nationalité : c'est la grande internationale de l'aristocratie ; ils sont cosmopolites : européens tout au plus ; — car les bas-fonds c'est l'égout, la honte, la sentine, que l'on ne devrait jamais ouvrir sauf pour y faire passer les grandes eaux.

Ainsi Amélie avait été jusqu'au bout ; et il ne s'en était fallu que de quelques mois, de quelques jours peut-être, pour que le fruit de tous ses efforts fût perdu, pour qu'à elle et à son fils il ne restât rien... que la pitié d'autrui !

« Tout est perdu, fors l'honneur ! » disait François Ier à Pavie. Amélie, elle, n'aurait rien dit ; et si, dans l'ombre, elle s'était prise à pleurer — pauvre femme ! — qui donc l'aurait consigné pour les tablettes de l'histoire ? Assurément personne

XXV

— Que vas-tu faire maintenant? lui demanda Charles.

— Je pense finir l'année scolaire ici, près
de toi, pour ne pas troubler, de nouveau,
Raoul dans le cours de ses études. Maintenant,
pour la suite, il convient de savoir si
M. Salençon accepte ou non la rupture du bail :
s'il l'accepte, nous pourrions aller tous passer
les vacances aux Sablons, en famille, comme
autrefois ; s'il ne l'accepte pas, eh bien ! nous
passerons encore les vacances ici, et, à la rentrée, je retournerai à Paris. Nous ne serons

plus que nous deux, Raoul et moi, rue Serpente, sauf quand tu viendras nous y rejoindre ou bien Henriette. Que veux-tu? je tâcherai
de reprendre ma vie où je l'ai laissée: M. Salençon, je le suppose, n'osera plus se représenter;
en tout cas, je m'arrangerai bien pour m'en
défendre, maintenant qu'il m'a donné le droit de
le bannir. Quelques mois de séparation l'auront
calmé, et il doit avoir perdu tout espoir; une
femme de trente-cinq ans, d'ailleurs, n'est plus
une pensionnaire, et un fils de quinze ans est déjà
une protection; enfin, la position sera bien moins
difficile que par le passé, parce qu'elle sera nette.

— En effet; et je crois que c'est ce que tu
as de mieux à faire; mais M. Salençon rom-
pra-t-il le bail? S'il le rompt, te voilà débarrassée de tous rapports avec lui, et en libre
possession des Sablons. Seulement, tu n'as
plus que les mille francs de revenu qui te restent sur les fermages, et tu ne peux pas vivre
avec cela, si économe que tu sois.

— J'emprunterai alors, ou bien je vendrai
une des métairies, selon les conseils de mon
beau-père, qui, en cette circonstance, me sera
d'un grand secours.

— Et si M. Salençon n'accepte pas la rupture du bail ?

— Je ne sais pas trop dans quelles conditions je me suis engagée, par le bail. Mon beau-père encore verra cela. Il me semble, d'ailleurs, que maintenant M. Salençon n'a plus de raison pour garder les Sablons ?

— Enfin, s'il les garde ?

— Alors je serai fort embarrassée ; car il me gêne beaucoup de recevoir de lui un loyer dont il semble n'avoir pris la charge que pour me rendre service. Je voudrais même, et tu le comprendras, trouver moyen de lui rembourser les loyers qu'il m'a déjà payés.

— Oui.

— Comment s'y prendre ?

— Il ne serait pas facile de les lui faire accepter.

Quelques jours après, intervint une lettre de M. Salençon :

« Madame, écrivait-il à Amélie, une lettre de monsieur votre beau-père m'apprend votre désir de rompre le bail qui nous lie, au sujet de votre château des Sablons. Vos désirs, vous le savez, sont pour moi des ordres. Toutefois,

16

permettez quelques observations à un homme
qui est avant tout et restera toujours, de loin
comme de près, le plus dévoué de vos amis.

» L'habitation des Sablons ne vous est pas
extrêmement utile en ce moment, il me semble,
si rien n'est changé aux projets que vous m'a-
viez fait l'honneur de me confier, à l'égard de
votre fils. A peine en profiterez-vous pendant
les vacances. Il n'en sera pas de même dans
trois ans, alors que votre fils sera entré à l'école
de Saint-Cyr. D'autre part, pour moi, en vous
louant les Sablons, j'ai eu l'intention d'y faire
un certain séjour, pour me faire nommer con-
seiller général et devenir, peut-être, maire de
Senlis. Les circonstances ne m'ont pas permis,
ces trois années-ci, d'y résider comme je l'aurais
voulu. Il en résulte naturellement que les habitants du pays ont dû s'étonner de me voir louer
cette belle résidence pour n'y point venir. Ils
s'étonneraient davantage de me la voir quitter
sans y être venu. Peut-être chercheraient-ils
alors, à cette location, d'autres motifs que ceux
qui me l'ont inspirée, ou bien me trouveraient-ils
d'une versatilité qui nuirait, dans la contrée, à
mes visées électorales.

» En ces circonstances, je viens vous proposer une transaction : notre bail était de trois, six, neuf ; les trois premières années sont écoulées ; les secondes vont commencer. Continuez-moi votre bail pendant ces trois années, et pour les dernières j'y renoncerai. Justement je compte, pendant toute la durée des prochaines vacances, prouver aux habitants de Senlis combien je tiens à leurs suffrages ; et, en général, je sens le besoin d'habiter davantage mon département.

» Vous me rendriez service, vous le voyez, madame, en acceptant cet arrangement s'il ne vous dérange pas plus que je ne le suppose, car il va de soi que, pour toutes choses, je reste

» Votre obéissant serviteur,

» SALENÇON. »

Amélie montra cette lettre à son frère.

—Il y a là dedans, dit Charles, une certaine délicatesse, et il veut tâcher d'agir en galant homme.

Amélie répondit :

« J'apprécie, monsieur, toutes les raisons que vous m'avez données, et j'en comprends le sens et la justesse. Mais, de mon côté, pour des arran-

gements de famille, trop longs à développer
ici, il me coûterait beaucoup de renoncer encore
pendant trois ans à habiter les Sablons ; et je
ne saurais y consentir que dans la pensée d'ap-
pliquer cette privation à une bonne œuvre.

» Le pauvre petit village des Sablons n'a pas
d'école, et pas davantage, les hameaux voisins ;
jadis, au temps où mon mari représentait l'arrondissement, j'avais eu l'intention d'en fonder
une. Voulez-vous, puisque vous avez aussi des
raisons de vous intéresser au pays, verser aux
mains du maire le loyer des trois années à courir, et profiter de votre séjour là-bas pour faire
construire le bâtiment ? A mon retour, je choi-
sirai instituteur et institutrice et je verrai à les
doter d'un petit revenu de huit ou neuf cents
francs que la commune m'aidera, j'espère, à
rendre suffisant, car j'ai toujours pensé à la faire
bénéficier de la totalité des loyers que j'ai touchés pour les Sablons.

» Vous le voyez, monsieur, je mets toute ma
bonne volonté à entrer dans vos vues ; de votre
côté, vous comprendrez assurément les miennes
et vous vous associerez, je n'en doute pas, à
mes intentions. »

Les choses s'arrangèrent ainsi.

Toutefois, M. Ducrest père, en prenant acte des conventions et en y donnant la forme légale qui convenait, trouva tout cela fort alambiqué, et jugea que sa bru était, comme toujours, assez originale ; certainement, il avait été le premier à lui dire que la location des Sablons à M. Salençon faisait mauvais effet et à approuver la proposition de rupture du bail: mais, diable ! ce n'était pas une raison, si M. Salençon ne voulait pas rompre, pour fonder des œuvres de bienfaisance avec l'argent des loyers !

« Je ne sais pas, ma chère fille, lui écrivit-il, à quoi vous avez pensé, ma parole d'honneur ! Vous voilà tirée de peine pour l'avenir, je le veux bien ; mais vous croyez-vous riche à jeter votre bien par la fenêtre ? Comment ! vous allez sacrifier dix-huit bons mille francs que le château des Sablons allait vous rapporter et vous engager pour dix-huit autres que vous avez touchés ? Cependant, je vous prie, qu'aurez-vous pour vivre, vous et Raoul ? Mille francs par an, qui restent sur vos fermages, c'est-à-dire la misère, à moins que vous ne vendiez un lopin.

16.

» D'ailleurs, je suis loin de vous le déconseiller. La terre, en ce moment, atteint des prix qu'on n'avait jamais connus, et, en morcelant une de vos métairies ou bien les deux, vous en aurez la valeur totale, qu'on attribuait à la propriété, quand votre mari l'a achetée : peut-être plus ! et il vous resterait le château et la réserve.

»Mais il faut ne pas être pressée et ne pas avoir besoin d'argent tout de suite. En cette occurrence, du reste, je vous aiderai au besoin. Dites-moi donc si vous voulez adopter ce parti et me charger de la vente des métairies, en détail. Vous réaliseriez ainsi une somme assez importante, que vous pourriez placer, soit en rente sur l'État, soit en actions de chemins de fer; et qui vous rendrait un revenu suffisant pour vivre et achever l'éducation de Raoul. Si vous ne voulez pas vendre, alors, il faut le plus tôt possible refaire les baux de vos fermiers, qui sont aujourd'hui à un taux dérisoire... »

Amélie, cette fois, suivit de point en point les conseils de son beau-père, et pour la vente des métairies et pour le placement des fonds.

Elle réalisa ainsi, pendant la seconde période du bail Salençon, une centaine de mille francs, qui bien placés par M. Ducrest père, lui rendirent de cinq à six mille livres de rente.

Le château lui resta, avec sa réserve et ses dépendances. Elle le conserva tel quel, afferma sa réserve à un jardinier et arrangea toutes choses de façon à ce que les Sablons, ainsi réduits, payassent leur entretien.

— Décidément c'est une femme qui a sa manière de bon sens à elle, disait le vieil avoué à sa femme, et il n'est pas absolument impossible de lui faire entendre raison. Grâce à mes conseils, la voilà hors de peine, — et sauf l'idée de fonder cette école... — enfin, qui sait? Elle est fine, et peut-être, qu'elle pense, au fond, à préparer à Raoul une situation électorale dans l'arrondissement?

.   .   .   .

XXVI

En 1870, madame Amélie Ducrest était une femme de cinquante ans qui n'en aurait paru que trente, sans ses chevaux gris.

Taille droite, toujours bien prise, mouvements alertes, démarche élégante et vive; teint uni, pur, presque transparent; yeux noirs toujours brillants, sourcils noirs, dents blanches. Avec cela le pied toujours fin, la main blanche et jolie. Ses cheveux abondants, gris d'un ton uniforme comme deviennent gris certains cheveux noirs quand on ne les a jamais teints, relevés aux tempes et noués derrière, étaient sur cette aimable tête comme une parure de plus.

Parfois, quand il s'agissait de prendre le bras
d'un beau capitaine de trente ans, pour aller
au spectacle ou au bois, elle y mettait un œil
de poudre.

Et Raoul était fier, ma foi ! car plus d'un se
retournait pour voir la charmante femme dont
il était le cavalier, et, quand il rencontrait un
ami, celui-ci discrètement passait sans paraître le voir. Sur quoi, Raoul l'appelait, et :

— Mère, permets-moi, je te prie, de te présenter mon camarade le lieutenant ou le capitaine un tel.

Capitaine ou lieutenant, alors, devenait rouge
et saluait bas : « Madame, c'est un honneur
auquel je suis sensible ! »

On le voit, Raoul Ducrest avait suivi la carrière pour laquelle sa mère le préparait dès l'enfance. Il était officier, ce qui ne l'empêchait pas,
d'ailleurs, d'être licencié en droit.

Un officier d'infanterie qui veut travailler en
dehors de la carrière en a le temps. Aussi, sur
les conseils de sa mère et pour lui être agréable
d'abord, puis par l'impulsion de son propre
esprit, Raoul s'était-il donné à toutes les études
qui lui permettaient de suivre le mouvement

intellectuel de son époque. Le droit des gens, le
droit international, le code civil et le code militaire lui étaient familiers ; de même la stratégie,
la dynamique, la balistique et toutes les sciences,
en général, qui confinent à l'art militaire.

« C'est un des officiers les plus distingués de
notre armée », disait-on de lui.

Madame Ducrest, cependant, avait rêvé pour
son fils adoré une autre destinée ; sans doute,
elle le voulait d'abord sous-lieutenant, surtout
alors qu'elle était pauvre et exposée à tous les
alea ; mais, depuis qu'elle lui savait une petite
fortune qui le faisait indépendant, elle l'eût
préféré avocat, comme son père, par exemple.

D'abord, il serait resté près d'elle ; tandis que
soldat, pour un congé qu'il obtenait de temps
à autre, pour un séjour dans la capitale à son
tour, avec son régiment, que de mois et que
de mois passés en province dans des villes
lointaines ! Et que ces perpétuelles séparations
étaient cruelles !

« Mais, mère, lui avait répondu Raoul, je ne
me sens pas, jusqu'à présent, le don de la parole ;
et puis, tu le sais, il faut, pour être avocat à
Paris, attendre au moins dix ans après la clien-

tèle. Si j'étais sûr de devenir un homme de talent, comme mon père, je n'hésiterais pas.;
mais je doute de moi-même ; j'aime le droit,
c'est une étude qui m'attache ; en même temps
je déteste la chicane, et, pour être avocat de profession, il faut savoir la chicane, ou, si tu veux,
la procédure. L'idée d'aller chez l'avoué m'é-
cœure. Il y a des choses incompatibles : on peut
être soldat et aimer le droit ; on ne peut pas,
quand on a porté l'épée, apprendre la procédure.

» Ensuite, vois-tu, je ne saurais jamais trouver des arguments pour toutes les causes ; or,
un avocat pratiquant doit savoir cela, fût-il loin
de vouloir plaider toutes les causes. »

Il avait donc fallu se résigner; d'ailleurs Raoul,
aux congés qu'il pouvait obtenir, ajoutait les
missions que ses connaissances diverses et sa
capacité reconnue, lui faisaient donner par ses
chefs. Et puis, madame Ducrest allait, de temps
en temps, ici ou là, passer un mois avec son fils.

Le reste de sa vie se partageait entre Paris et
les Sablons. Elle avait toujours gardé son appartement de la rue Serpente, et bien que la modeste rue ne fût guère à la mode, à la fin du
second empire, elle y recevait toujours de

fidèles amis. A ceux-ci, même, s'étaient joints
quelques jeunes gens, amis de Raoul, ou faits
pour le devenir : des esprits indépendants, des
lettrés, des meneurs de l'union libérale et des
zélateurs du programme de Nancy.

On causait, rue Serpente ! chose rare ! et on
y pouvait tout dire, pourvu que ce fût en bon
langage. Amélie, comme les honnêtes femmes
en général, n'était pas prude ; elle suivait les
Chambres, lisait les journaux, les romans, les
brochures, et ne se gênait point pour parler des
hommes et des choses.

Charles, devenu magistrat assis, non loin de
Paris, venait assez souvent voir sa sœur, et
apportait son contingent qui avait sa valeur.

On retrouvait aussi chez Amélie madame
Sardevet plus élégante que jamais et, de brune
devenue rousse, avec les années ; et M. Salençon,
toujours sénateur, toujours content du régime,
soit qu'il fût libéral, soit qu'il fût autoritaire,
d'ailleurs engraissé, chauve, papelard, mais bon
homme comme devant.

On frondait, bien un peu : n'importe ! il ne
prenait pas mal les choses et se bornait à défendre
les bonnes intentions de l'empereur et le génic

de M. Rouher ; puis celui de M. Forcade la Ro-
quette ; puis celui de M. Ollivier lui-même ; bien
qu'au sujet de ce dernier il eût des scrupules.

Bref, c'était toujours un de ces bons piliers
du centre, sur lesquels s'appuient les gouverne-
ments, et qui les soutiennent, en effet, jusqu'à
ce que le vent des révolutions les balaye comme
un jeu de quilles en liège.

Amélie le plaisantait.

— Cela nous rappelle, disait-elle un soir, au
commencement de 1870, les beaux jours de
notre jeunesse. On se croirait en plein règne
de Louis-Philippe. Tous les revenants de l'or-
léanisme apparaissent dans les salons offi-
ciels : Odilon Barrot va aux Tuileries, les amis
de M. Thiers sont aux affaires ; et M. Buffet, le
lien entre l'empire, le cléricalisme et la fusion,
— qui avait entendu parler de la fusion, je vous
le demande, depuis les beaux jours de la rue
de Poitiers ? — M. Buffet donc est ministre !

— Eh bien ! ma chère amie, c'est excellent !
répondait M. Salençon avec un sourire de satisfaction qui commençait à être stéréotypé sur sa
figure ; — oui, quand un gouvernement est
aussi fort que l'empire, il peut rallier des enne-

17

mis désarmés et appeler à lui même ses adversaires !

— A moins que la citadelle ne se sente minée,
et que, de peur de recevoir l'assaut, elle ne
prenne le parti d'ouvrir ses portes.

Qui va là ? Heu ! ma peur à chaque pas s'accroît,
Messieurs, ami de tout le monde !

s'écrie Sosie quand il se croit menacé de toutes
parts, — reprenait un normalien qui écrivait
dans les revues.

— Peuh ! combien sont-ils, vos opposants ?
répondait M. Salençon : une poignée ! Celui-ci
veut une ambassade ; cet autre une place au
conseil d'État ; cet autre encore un fauteuil de
sénateur ! la belle affaire ! Et vous parlez de
citadelle qui ouvre ses portes ? Mais c'est pour
faire prisonniers ses assaillants ! Nous absor-
bons nos adversaires et voilà tout !

— Et M. Émile Ollivier est un habile homme.

— Oui ! peut-être un peu téméraire ; mais
l'audace sied à la jeunesse et au talent !

— Aussi lui faites-vous une jolie petite constitution toute neuve ; une constitution merveil-
leuse, à la fois libérale et autoritaire.

— Une constitution *ad usum Delphini*, continuait le normalien.

— Le tout est, en effet, de savoir se servir des choses...

— Certainement et il fera merveille. n'en doutons pas ! Le blé sera cher, le pain bon marché; le libre échange ouvrira les portes de France aux produits de tout l'univers, et la protection couvrira nos tissus et nos fers. Bordeaux sera content et Rouen sera ravi. La presse sera libre et les mauvais journaux se trouveront condamnés. On laissera caracoler le char de l'État tout en tenant les rênes d'une main ferme. Enfin, « on fera grand ! » et nous aimons ça.

— En tous cas, ma chère, c'est amusant, concluait madame Sardevet, et pour mon compte je vous assure que je prends un plaisir infini à aller aux Chambres, à voir M. Émile Ollivier bondir à la tribune, s'élancer d'une phrase sonore au-dessus des nuages et...

> Marcher vivant dans son rêve étoilé.

On fait de la toilette, au Sénat surtout, et les Chambres font tort aux courses, pour les modes nouvelles. On s'arrache les billets pour

entendre les orateurs de l'opposition et même
ceux du gouvernement. Dieux ! quelle affaire !
si le pauvre marquis de Boissy vivait encore !

Quand ce ne fut plus la Constitution, ce fut
le plébiscite. Les thèmes de conversation ne
manquaient point au commencement de 1870 !
Et quelle singulière disposition des esprits !

Amélie suivait les choses en attentive et
regardait se dérouler les faits comme un spectacle. De sa vie elle n'avait eu l'ombre d'une
passion politique ; et la politique l'intéressait
très vivement. C'est que, dans cette comédie-
là, les acteurs jouent pour leur compte, et les
péripéties ont des conséquences réelles.

Alors ce n'était encore qu'une comédie, parfois
traversée par un épisode dramatique comme
par un éclair, mais déjà combien attachante !

L'empire faisait grise mine à ses amis de
la veille, à ceux avec lesquels il était venu et
avait vécu, pour combler de caresses les pro-
moteurs de l'interpellation des cent seize, les
beaux parleurs des salons hostiles ; aussi les uns,
boudeurs, se retiraient-ils sous leur tente ; les
autres daignaient-ils entrer ou laisser entrer leurs

doublures dans l'engrenage gouvernemental.
Tant et si bien que l'empire se désagrégeait sans
faire de recrues sérieuses.

Et puis, des Tuileries, plus rien que des
impulsions variables et incohérentes. M. Émile
Ollivier régnait seul.

Ce soir-là, M. Salençon venait faire ses adieux.

Il partait pour le département de l'Oise, où
il allait déployer, en faveur du plébiscite « l'activité dévorante » recommandée par M. Che-
vandier de Valdrôme.

Diable! mais c'est qu'il fallait que cela réussît!

— Sapristi! mon excellent ami, vous allez
en maigrir! Comment! vous partez pour par-
courir tout le département? villes, cantons,
communes, villages et hameaux, comme un
simple candidat officiel.

— Il le faut bien! songez donc! c'est un
terrible atout que nous jouons là.

— Certes! et je me demande pourquoi vous
le jouez?

— Heu!.. pour mon compte, à vous parler
franc, si l'on m'eût consulté... je n'aurais pas
conseillé cette grosse entreprise.

— Mais vous l'avez votée, ce me semble?

— Je le crois bien ! Il eût fait beau voir les amis du gouvernement défectionner, en pareille occasion !

— Alors, quand votre gouvernement se jette à l'eau, vous le poussez au lieu de lui dire : « Halte là ! » et c'est ce que vous appelez le soutenir,

— Je pense que le gouvernement de l'empereur doit avoir ses raisons pour nous demander une chose, et alors, quand il nous la demande, je la vote.

— Même quand vous ne comprenez pas?

— J'ai confiance !

— Jusqu'au point de jouer à la hausse? demanda madame Sardevet.

— Je ne joue jamais.

— Mais qui diable a pu inventer ce plébiscite inattendu? dit un nouvel interlocuteur.

— On dit que c'est M. Daru qui le premier en a émis l'idée, dans le conseil.

— Hum! c'eût été le cas peut-être de penser au proverbe : « *Timeo danaos...* » s'écria l'élève de l'École normale qui écrivait dans les revues.

— Pourquoi ça? M. Daru est certainement

un ami de la dynastie napoléonienne, non seulement par ses attaches de famille, mais encore
par ses souvenirs personnels.

— Parce qu'il a reçu des bourrades dans le
dos au 2 décembre?

— Peuh ! par erreur.

— Alors, pour la façon dont, l'an dernier, on
a combattu sa candidature dans la Manche ?

— Mais vous ne soupçonnez, pas peut-être,
M. Daru, qui est ministre, de vouloir le renver-
sement du gouvernement dont il fait partie?

— Non; mais je le soupçonne... d'avoir eu,
par hasard, une idée... saugrenue...

— Eh bien, monsieur, voyons, puisque nous
parlons de M. Daru, faites-moi donc le plaisir
de me dire ce que c'est que cet homme-là? dit
Amélie. Depuis trois mois, on entend à propos
de tout: « Qu'en pense Daru ? » ou bien: « C'est
l'avis de Daru »; ou bien encore: « Il faudrait
en parler à Daru. » C'est donc un homme d'État
qui vient de se révéler?

— Ma foi, madame, je ne sais pas; et, s'il
faut vous le dire, je me suis tout justement posé
la question à moi-même, puis je me suis fait
présenter à M. Daru, et...

— Et?

— Je me la pose encore.

— Ce qui veut dire que l'homme est sur-
fait.

— Ce qui veut dire, madame, que je ne suis
pas à la hauteur et que je n'aurai pas compris.
Mais monsieur le sénateur pourrait mieux que
moi vous renseigner, sans doute.

— Moi! répliqua M. Laurençon, — je ne le
connais pas du tout. Nous étions jadis tous les
deux de la rue de Poitiers; mais depuis le coup
d'État je ne l'ai jamais revu. Au reste, s'il a
inventé le plébiscite, ce n'est pas lui qui l'a
vanté, prôné, présenté aux Chambres, et qui,
présentement, nous envoie dans nos départe-
ments pour faire voter les campagnes !

— C'est M. Émile Ollivier: ajoutez donc ce
que vous pensez, au fond, et dites : « Que le
bon Dieu le patafiole ! »

— Mais, non, je ne pense pas; seulement il
est bien certain que cela m'ennuie d'aller
la-bas présider le comité. Pensez donc ! Quelle
responsabilité ! C'est que notre département
semble vouloir passer à l'opposition maintenant !

— Oui ; et, dites-moi, si par malechance

l'entreprise allait ne pas réussir et s'il y avait une majorité de « non » !

— Ah ! ... mais c'est impossible !

— Alors l'empereur s'en irait... comme il est venu ?

— Par exemple !

— Cependant...

— Tenez, ma bien chère amie, vous êtes un parpaillotte, une malpensante, une hérétique ...

— Bonne à brûler !

— Au lieu de nous larder ainsi, des traits de votre esprit, vous feriez mieux de nous venir en aide. Vous n'êtes pas sans autorité à Senlis ! Votre fils est très écouté. Vous devriez venir aux Sablons pour les vacances de Pâques.

— Ah ! parfaitement, et faire de la propagande plébiscitaire ...

— Voyons : raisonnez un peu ; entre nous, il faut que cela réussisse, n'est-ce pas ?

— Dame ! je ne sais pas !

— Vous venez tout à l'heure de mettre le doigt sur la question. Qu'arriverait-il je vous prie, si, par malheur, si, par impossible, nous

17.

n'avions pas la majorité, et une grosse majorité ?

— Eh bien, il arriverait... l'inconnu. C'était
au gouvernement de le prévoir ... et de ne pas
s'embarquer sur cette galère !

— Mais puisqu'il y est...

— Qu'il s'arrange.

— Quel cataclysme en Europe, si l'empire
était ébranlé !...

— Croyez-vous ?

— Mais aussitôt que l'empereur est souf-
frant, voyez la baisse des fonds publics, partout.

— Cela ne signifiait rien.

— Sérieusement je vous en prie : venez
me donner un peu d'aide; et laissez-moi demander un congé pour Raoul qui ferait une
petite tournée dans l'arrondissement de Senlis.

— Jamais de la vie !

— Comment ne voyez-vous pas, vous qui
avez un si bon jugement....

— Je ne me suis jamais occupée de politique, et je ne vais pas commencer aujourd'hui,
précisément à propos d'une affaire à laquelle je
ne comprends rien. Et quant à Raoul, il est
soldat, et n'a que faire en ces aventures.

XXVII

Le 10 mai, quel triomphe ! Le plébiscite était voté, on sait avec quelle majorité.

M. Salençon exultait.

« Comme l'empire est fort maintenant, disait-il. Quelle puissance gouvernementale ! Il peut tout entreprendre... »

Et, de fait, les douteurs de la veille étaient stupéfaits, et les opposants avaient bouche close. Plus d'un, parmi les ambitieux, songeait à venir à résipiscence ; mais l'empire, si accueillant hier pour tous les catéchumènes, le serait-il aujourd'hui qu'il pouvait si facilement se moquer des frondeurs de salons ?

On parlait de jeunes gens de famille qui sollicitaient des sous-préfectures ; — enfin c'était une victoire complète.

Le normalien lui-même se rapprochait : non par ambition peut-être, mais par lassitude :

« Quand un gouvernement, disait-il, résiste au meurtre de Victor Noir et à son enterrement, quand au lendemain il obtient huit millions de suffrages, cela prouve qu'il est indestructiblement fondé... »

Amélie, un peu sceptique, regardait passer les choses et se serait plus volontiers occupée du mouvement artistique et littéraire, que de la politique bizarre qui se faisait en ce moment ; mais, il y a des heures, pour les sociétés comme pour les individus, et l'heure présente était à la politique. On ne parlait que de la Chambre des députés, de leurs discours, et il n'était si mince marquis centre-gauche qui ne devînt un personnage.

Elle avait d'ailleurs une bien autre préoccupation : celle de marier Raoul.

Il venait d'avoir trente ans : c'était l'âge. Et avec combien d'appréhensions Amélie envisageait cette échéance !

Elle avait toujours vécu, cœur à cœur, avec son fils ; et même l'éloignement ne rompait pas, entre eux, cette communication complète des esprits, et des âmes. Chez une mère veuve, pour un fils unique, uniquement aimé, la tendresse maternelle prend une exaltation singulière. Madame Ducrest aurait voulu pour son fils une autre elle-même ; et pourtant, à la pensée que Raoul aurait une femme qui satisferait à la fois ses attractions intellectuelles et son amour, qui deviendrait enfin la première dans son cœur, elle ressentait, par avance, une sorte de jalousie.

Oui, devant ce devoir de marier Raoul, son cœur se cabrait, alors que sa raison et sa volonté cherchaient où était la femme ? La femme ! Serait-ce une fille aimée ? serait-ce une rivale ? En tous cas ce serait la mère des enfants de Raoul, la reine de son foyer. Il faudrait bien vivre avec elle ou renoncer à vivre avec son fils. Désormais cette nouvelle venue s'interposait entre elle et Raoul ; plus tard, entre elle et ses petits-enfants.

Une grande mélancolie, à ces appréhensions, s'emparait du cœur d'Amélie. Il lui semblait voir son horizon voilé d'un crêpe de deuil ; car chaque renoncement est comme une étape, qui nous achemine vers la fin.

Celle de sa jeunesse avait fini sur la tombe de son mari. Celle de sa vie de veuve indépendante et fière allait finir, sans doute, avec le mariage de Raoul...

Et pourtant il fallait le marier.

Loin du cœur d'Amélie l'égoïste pensée de garder son fils, pour elle seule, et de le laisser vieillir sans famille. Mais quoi !... elle était femme, elle était mère ; depuis vingt ans, cet amour pour Raoul avait été son unique mobile, son seul soutien...,... et parfois, en songeant au sacrifice, elle se prenait à pleurer.

Ah ! combien peu, en comparaison de cela, pesaient, dans sa pensée, les choses du monde et de la politique, dont elle causait, le soir, dans son salon.

Elle regardait donc, dans son cercle, et cherchait.

Ce n'était pas chose facile encore de découvrir, sinon le trésor rêvé, au moins la pépinière dans laquelle on pouvait le trouver.

Depuis trente ans, le milieu dans lequel Amélie était née, avait bien changé.

La bourgeoisie parisienne n'était plus aisée, comme alors, avec six mille livres de rente ; elle n'habitait plus les quartiers jadis honorables de l'ancien Paris. L'antique femme de ménage était remplacée par deux ou trois domestiques, experts dans l'art de faire danser l'anse du panier.

On ne se logeait plus avec quatre ou cinq cents francs de loyer; on ne s'habillait plus, d'une très simple robe, à moins de cent écus; le plus usuel des travaux d'un ouvrier, serrurier, menuisier ou peintre, coûtait dix fois le prix ancien, et cependant l'ouvrier ne s'enrichissait pas. Vingt mille francs, enfin, ne représentaient qu'à peine les six mille francs de 1840.

A quoi les partisans du progrès répondaient — et sans doute avec raison, — que si la valeur de l'argent avait baissé, celle du travail avait haussé; que le producteur vendait cher ses produits; que l'on gagnait, dans le commerce et les affaires, dix fois comme jadis; que les terres de cent mille francs en valaient quatre cent mille; que la fortune immobilière de la France s'était en quelque sorte créée; que la prospérité universelle, en un mot, avait atteint une apogée inimaginable, et que cette hausse était dans l'intérêt du plus grand nombre.

Possible ! Mais il y avait au milieu de toutes les classes sociales enrichies, une classe que toutes ces améliorations touchaient peu : ou qu'elles touchaient trop, en l'appauvrissant. C'était cette bourgeoisie fière et de bon aloi dont Amélie Ducrest faisait partie.

Ni les fonctionnaires de l'État, ni les professeurs de l'Université, ni les écrivains, ni les savants, ni les rentiers modestes qui tenaient alors, dans la société parisienne, une place relativement importante, n'avaient vu augmenter leur traitement ou leurs revenus. Et, au contraire, par cela seul que la moyenne de la dépense était quadruplée, leurs moyens d'existence s'en trouvaient réduits d'autant.

Il en résultait que cette classe s'était tellement amoindrie qu'elle ne comptait presque plus ; qu'elle semblait s'être fondue. Les rentiers, qui en faisaient le noyau, en se voyant réduits presque à la misère, avaient quitté Paris ; bref on cherchait l'ancienne bourgeoisie, on ne la trouvait plus.

On trouvait, à la place de la famille Langlé,
la famille Benoîton et celle des lionnes pauvres ; ou, pour ne pas désigner aussi expressé-
ment des types moins précis, des familles
dont les femmes ne cherchaient plus comment,
avec telles ressources, on pouvait joindre les
deux bouts, mais comment trouver des ressources, pour arriver à tel train de vie.

Et, chose singulière, par l'éducation, les filles
de ces familles étaient très inférieures aux filles
de la bourgeoisie ancienne. A peine un peu
d'orthographe, un français douteux, une tein-
ture d'histoire : avec cela du chant, quand elles
avaient de la voix ; — et du piano toujours.

Mais, riches, ces jeunes filles voulaient, avant
tout, un mari plus riche et habitant Paris.
Pauvres, elles ne se résignaient pas volontiers
au mari sans fortune. Encore le prenaient-elles
faute de mieux ; mais avec l'espoir que, de
façon ou d'autre, il s'enrichirait.

Ce n'était pas dans ce milieu qu'Amélie voulait se choisir une bru. Sans doute, dans sa
société à elle, deux ou trois jeunes filles lui
paraissaient « possibles ». Mais l'une était laide
et sans grâce ; l'autre un peu pédante ; la troi-

sième aimable, plutôt jolie, mais si peu for-
mée, au moral, qu'on ne pouvait la juger encore.

D'autre part, madame Ducrest pensait aux
deux filles de sa sœur, mais elle ne les avait
pas vues, depuis longues années, et ce n'étaient
alors que des enfants.

Qu'étaient-elles devenues ? Peut-être de charmantes jeunes filles, peut-être des provinciales
comme, en son temps, les demoiselles de Senlis.

En tout cas, elles devaient toujours avoir
l'âme noble et le cœur haut ; elles devaient être
instruites et, nul doute que, l'une ou l'autre,
ne fût ravie de devenir la femme de Raoul.

Mais il fallait les voir ; il fallait aussi que
les jeunes gens se connussent. Et pour cela, quoi
de plus favorable qu'un séjour ensemble à la
campagne ?

Amélie engagea donc sa sœur à venir passer
avec ses filles, son fils et son mari, trois mois
aux Sablons ; en même temps, elle invita aussi
mademoiselle Rose, la jeune Parisienne qu'elle
avait distinguée.

On devait partir vers le milieu de juin et
passer ensemble juillet, août et septembre.

Avec Raoul, qui devait venir en congé,

Charles Langlé, qui ne manquait jamais de
passer une partie des vacances chez sa sœur, le
père et la mère de la jeune Rose, cela faisait
une maisonnée complète ; et il y fallait joindre
les visites de huitaine de quelques amis.

Jamais, depuis les vacances qui avaient précédé la mort d'Henri Ducrest, une société si
nombreuse ne s'était trouvée réunie au château.

Pour une maîtresse de maison ce n'était
pas petite affaire que de disposer les appartements, de les distribuer, de combiner les séjours,
et de faire enfin, à l'ameublement, les menues
réparations devenues indispensables.

Aussi, dès la fin de mai, Amélie ferma-t-elle
son appartement de la rue Serpente et prit-elle
congé de ses amis.

Le château depuis vingt ans n'avait pas changé.
Les meubles, les tentures, soignés par madame
Ducrest mère, d'abord, pendant la longue absence d'Amélie, puis par celle-ci, à son retour,
ne semblaient pas avoir sensiblement vieilli.
Les murs extérieurs s'étaient couverts des plantes
grimpantes, jadis dirigées par Henri et sa
femme et, par place, les toits eux-mêmes dis-

paraissaient sous les glycines énormes, les chèvre-feuilles et les lierres.

Au devant du château, toujours une large terrasse suivie d'un parterre à la française, où, entre les buis, éclataient les lys, les pivoines, les géraniums et les giroflées. Au milieu des parterres, un bassin avec son jet d'eau. A la suite, un tapis vert entouré de charmilles : au fond, de grands arbres qui bordaient une petite rivière.

On eût dit que c'était d'hier qu'Amélie voyait sa jeune sœur, nouvellement mariée, courir comme une enfant à travers les grandes herbes ; et Raoul, tout petit, s'ébattre, avec le chien, sur le gazon. Des allées du parc, en fermant les yeux, elle croyait encore voir déboucher les sœurs d'Henri, avec leurs prétendus ; sur la terrasse, elle retrouvait la place adoptée par sa mère chérie... Et puis voici l'heure où revenait Henri, et elle frissonnait en se représentant et les chiens qui sautaient en remuant la queue, pour fêter leur maître, et Raoul qui courait, au devant de son père, de toute la vitesse de ses petites jambes ; et elle, vêtue de blanc ou de rose, avec son grand chapeau, suivant son fils.

Tout cela pourtant était bien loin !

Mais le château avait encore un air de fête : toutes les rallonges étaient mises à la table de la salle à manger ; presque toutes les chambres étaient occupées, et, à travers les allées du parc, on voyait encore de la jeunesse se répandre avec de longs éclats de rire.

Seulement M. et madame Ducrest, père et mère n'étaient plus là ; les sœurs vieillies n'y apparaissaient qu'à de rares intervalles ; madame Henriette Lemot avait pris la place jadis réservée à madame Langlé ; et Henri... Oh !... Henri ! l'époux uniquement aimé, gisait, là-bas. sous un énorme saule, qui cachait sa pierre tombale.

Mais Raoul était un beau et fier garçon, et les trois jeunes filles qui s'ébattaient dans le parc, de charmantes fillettes, en vérité ! Et en les voyant toutes trois, Amélie se réconciliait avec l'idée de marier son fils.

Rose était une brunette mignonne, au rire frais, aux vives allures, ravie d'être à la campagne et découvrant des merveilles à chaque pas.

Louise, l'aînée des filles de madame Lemot,

brune aussi avec des traits purs, s'émerveillait
moins que la Parisienne des phénomènes de
la nature, mais les comprenait et les expliquait,
sans nulle prétention, d'ailleurs, à la science ;
elle était habile à tous les ouvrages de femme
et chantait bien en s'accompagnant.

La seconde, Jeanne, avec des yeux noirs, des
cheveux cendrés, et une peau laiteuse, avait
un éclat singulier, malgré l'irrégularité de ses
traits. Elle dessinait bien, d'après nature, chantait un peu, s'entendait aux soins du ménage,
ce qui ne l'empêchait pas, comme sa sœur,
d'avoir passé ses examens d'institutrice. L'aînée
paraissait plus intelligente, la seconde plus
aimable.

Mais, en vérité, entre ces trois filles, Raoul
pouvait choisir.

Rose avait quelque fortune ; les filles de madame Lemot n'avaient rien.

Mais ce point restait secondaire pour Amélie.
Elle savait qu'une fille pauvre pouvait, sans
désastre, entrer dans une famille, et avait vu
plus d'un exemple de filles bien dotées qui
ruinaient leur mari. Aussi eût-elle volontiers
constitué, au profit de celle de ses nièces que

Raoul aurait choisie, la dot de douze cents francs de rente, exigée par l'État, pour les femmes de ses officiers.

Raoul, jusqu'alors, n'avait jamais sérieusement pensé au mariage. Sa mère tenait trop de place dans son cœur, et les amours passagères lui suffisaient. En voyant ces trois charmantes filles, il n'y pensa pas davantage, au premier abord ; mais leur société lui fut douce et il se plut aux Sablons, dans ce milieu, comme il ne s'était encore plu nulle part.

Madame Ducrest ne lui dit rien de ses intentions, pas plus qu'elle n'avait rien dit aux parents de Rose, ni à sa sœur. C'était, à la campagne, une partie de jeunesse, voilà tout.

Toutefois, les fillettes, chacune à part soi, se pourpensaient. Rose se demandait si elle aimerait à être la femme d'un militaire ? de Raoul ? et à s'entendre appeler un jour « Madame la générale ».

Louise et Jeanne, nourries, dès l'enfance, dans la pensée que les filles pauvres ne se mariaient pas, se disaient que pourtant...peut-être... il se pourrait... que l'une d'elles fût aimée de leur beau cousin !...

Et toutes trois ainsi déployaient leurs grâces ; Raoul, de son côté, voulait plaire et laisser, à ces trois jeunes filles, la meilleure opinion de lui.

Car il ne devait pas, cette fois, rester longtemps aux Sablons. Il lui fallait, avant le 1ᵉʳ juillet, rallier son régiment ; mais pour revenir en septembre, par exemple ! Et cette fois il resterait un mois.

En septembre !

Amélie pensait que, d'ici là, les idées de Raoul se fixeraient ; qu'une des trois images laisserait, en lui une empreinte plus forte que les autres ; qu'il reviendrait, enfin, avec des dispositions orientées dans tel ou tel sens. Il partit le 30 juin.

XXVIII

Cependant, quelque peu d'envie qu'on en eût, il fallait bien reporter son esprit aux choses de la politique. D'étranges nouvelles arrivaient de Paris. C'était d'abord l'interpellation Cochery, à propos de la candidature Hohenzollern au trône d'Espagne ; puis la réponse de M. de Gramont ; puis... puis... Mais on pouvait à peine suivre toutes les choses graves, menaçantes, terribles qui se succédaient avec rapidité.

Bref, au 30 juin on était dans une paix profonde, et à peine si les liseurs de journaux s'émerveillaient, en souriant, aux prouesses

18

quotidiennes de M. Ollivier ; au 10 juillet, la
France entière frémissait en apprenant les
événements qui, coup sur coup, se précipitaient ;
au 15 juillet, la guerre était déclarée.

Quelle émotion dans le pays ! Pourtant, nul
ne doutait de la victoire. Mais comme cette
guerre était soudaine, imprévue ! Comme les
motifs en paraissaient peu caractérisés, peu
déterminants ! On y croyait à peine, que déjà
l'épée de la France était engagée.

Nul n'avait eu le temps de se préparer, de mettre ordre à sa fortune et à ses affaires. La moitié
d'une famille était à la campagne ou aux eaux,
l'autre à Paris ou en voyage. Que devait-on
faire ? Comment s'organiser ? Que fallait-il prévoir ?— Une campagne de quinze jours, ou une
de six mois ?

Quant au cœur des mères et des femmes qui
avaient des fils ou des maris sous les drapeaux,
que dire de leur émoi et de leur épouvante ?

Cependant, elles contenaient leurs angoisses.
L'honneur du pays était en jeu, et elles savaient
ce que c'est qu'un soldat.

Amélie reçut un coup comme jamais elle
n'en avait reçu : Ah ! malheureuse ! se disait-elle

devant la fatale échéance ; c'est moi qui l'ai
fait soldat ! Moi ! moi ! sa mère !

» Il était tout enfant, que je lui ai montré du
doigt cette carrière... en lui disant : « Va ! »
Ah ! grand Dieu ! et je n'ai pas pensé que je
l'envoyais au devant du fusil à aiguille, du
canon à longue portée, de la mort au milieu
de la grande tuerie ! »

Aux premières nouvelles, madame Ducrest
avait écrit à ses amis : « Que se passe-t-il ?
que prévoit-on ? »

Madame Sardevet lui répondit :

« Ma chère, tout le monde ici chante la Mar-
seillaise et crie ; « A Berlin ! à Berlin ! » C'est
assourdissant et cela devient ce que l'on appelle
« une scie ». Nul ne paraît douter de la victoire, et l'on trouve même que l'empereur n'y
met pas assez d'enthousiasme et d'entraînement.

» Mais mon mari, qui, vous le savez, a des
relations avec des banquiers de Francfort, et
qui voyage de temps en temps en Allemagne,
est moins optimiste. « Il dit que l'Allemagne
tout entière n'est qu'un régiment ; que ses
masses armées marchent avec la précision d'une

machine; que la nation est pauvre et trop
nombreuse et qu'il lui semble la voir venir sur
nous, comme une inondation. « Nous n'avons,
ajoute-t-il, de chance que dans la rapidité de
marche de nos troupes, la soudaineté et l'imprévu de nos mouvements. Mais, en tout cas,
c'est une bien grosse partie ! »

» Je crois, en vous donnant les impressions
de mon mari, ma chère, vous donner la note
que vous n'entendrez pas d'autre part. Faites-
en donc votre profit, tout en vous disant que
M. Sardevet voit peut-être les choses un peu
trop en noir.

» Des nouvelles du monde et de notre société, vous y tenez peu, je suppose, au milieu
des préoccupations maternelles que les circonstances vous apportent. D'ailleurs, quand je vous
aurai dit que toutes les têtes sont bouleversées
et que les avis sont partagés au sujet de l'attitude de M. Thiers et de l'opposition ; qu'on
trouve M. de Gramont bien aventureux, M. Be-
nedetti bien empressé à chercher des affronts,
et M. de Talhouet bien confiant, je vous aurai
tout dit. »

M. Salençon donnait une tout autre note :

« Ma belle amie, disait-il, ceci est encore un trait de génie de l'empereur. Il s'est préparé de longue main, n'en doutez pas, et s'il fait la guerre inopinément, c'est qu'il veut prendre ses ennemis par surprise, les terrifier par la rapidité de ses mouvements, et être à Berlin avant de leur avoir laissé le temps de se reconnaître. Ce sont là de ses coups; et vous pensez bien que ce n'était pas sans but qu'il filait le matin sur Vincennes ou sur Meudon, en petit coupé bien clos. Il y allait surveiller la fabrication des mitrailleuses et juger de leur effet. Voilà trois ou quatre ans que l'empereur a l'air de dormir, n'est-ce pas? Eh bien! c'est surtout en pensant à lui qu'il faudrait dire : « Méfiez-vous de l'eau qui dort! » Il se préparait et méditait sa campagne, voilà! et en même temps, il détournait l'attention en l'attirant habilement sur la politique intérieure.

» N'ayez donc aucune inquiétude. Tout est prévu et tout est prêt. La campagne sera rapide, et, dans un mois, vous reverrez Raoul couvert de lauriers, fleuri d'une croix et vous rapportant une carte de France où la ligne frontière suivra le cours du Rhin...

18.

» Désirez-vous que je le fasse attacher à tel ou tel général? passer dans tel ou tel corps? Je suis tout à vos ordres. »

Amélie ne désirait rien. Elle se fût gardée d'émettre un vœu, de choisir pour Raoul la place au danger! Sa conscience maternelle était déjà bien assez bourrelée.

Au château tout le monde travaillait pour l'équipement de Raoul.

En allant rejoindre son corps, il obtint quelques heures, pour venir embrasser sa mère.

Les adieux furent contraints; sans quoi ils auraient été déchirants, car Amélie était en proie aux plus cruels pressentiments. Mais à quoi bon les montrer? à quoi bon affaiblir peut-être le courage et la confiance de Raoul? Eût-elle donc voulu l'empêcher de faire son devoir? l'en écarter? Non certes; et même si elle lui avait vu une ombre au front, elle l'en eût moins estimé.

Elle se borna donc à l'embrasser comme les mères embrassent aux moments suprêmes; à le serrer sur son cœur et à courir s'enfermer dans sa chambre, pour sangloter.

Raoul, lui, qui lisait beaucoup et suivait le mouvement militaire en Europe, était moins confiant que la plupart de ses camarades sur la rapidité de la campagne ; cependant, comme tous les soldats, il aimait la guerre, et, comme tous les Français, il comptait sur l'impétuosité de nos mouvements, la bravoure générale des troupes, le génie national enfin, pour revenir vainqueur.

Et c'est l'éclair dans les yeux, la moustache fière et le front résolu, qu'il dit à sa mère et aux trois jolies filles qui l'accompagnaient au seuil du château : « Au revoir ! et à bientôt ! »

Il écrivait tous les jours ; d'abord ses lettres parvinrent exactement ; puis il y eut des irrégularités...

Le 4 août, tout était en fête ; le 6, des nouvelles désastreuses arrivaient coup sur coup ; puis, malgré les réticences des dépêches, on comprit, on devina, une suite de défaites. L'angoisse était dans tous les cœurs, la consternation sur tous les visages.

Amélie allait tous les jours à Senlis, ne pouvant attendre les nouvelles aux Sablons. D'autre part elle avait quotidiennement des dépêches de madame Sardevet et de M. Salençon ; mais les premières ne parvenaient pas quand elles signifiaient quelque chose, et les secondes, qui parvenaient toujours, n'étaient qu'une paraphrase des dépêches officielles.

Raoul fut dirigé sur Metz ; et de là, sa mère reçut d'abord trois ou quatre lettres se suivant l'une l'autre ; la dernière était datée de Gravelotte, 16 août, dix heures du matin :

« Ma bien chère mère,

» Si tu as reçu mes lettres du camp sous Metz et de Raon-l'Etape, tu sais que nous sommes en bonne situation, puisqu'à nos dernières rencontres avec l'ennemi, nous avons couché sur notre terrain. Aujourd'hui, la journée sera chaude, et je l'espère, plus décisive. Nos troupes sont solides et dans de bonnes dispositions. Quant à nous, je n'ai pas besoin de te dire que nous attendons avec impatience l'heure de faire mordre la poussière aux Allemands ; et, pour ce qui me concerne personnellement, je veux que tu sois fière de ton fils.

» Mais j'entends le boute-selle. Adieu, je t'embrasse comme je t'aime, et à demain, j'espère, de bonnes nouvelles. »

Le lendemain, pas de lettre ; le surlendemain pas davantage. Et puis, plus jamais.

Qui dira les tortures d'Amélie ?

Enfin, on apprit que l'armée était rentrée au camp ; que Metz était investi ; qu'aucune lettre n'y entrait ni n'en sortait ; et ce fut un soulagement relatif pour la mère, car nulle mère, nulle sœur, nulle femme ayant fils, frère ou mari sous Metz, ne recevait davantage de nouvelles des siens.

Et, coup sur coup, c'étaient de nouveaux désastres. On avait à peine le temps d'apprendre une déroute, qu'une autre déroute suivait. Et personne ne voulait plus prendre la responsabilité de cette débâcle vertigineuse.

« M. Ollivier qui n'a rien su prévoir, écrivait M. Salençon, cède enfin la place à des hommes d'énergie comme il en faut dans les grandes circonstances. Voilà Palikao à la tête des affaires ; ne nous abandonnons pas au pessimisme. Que diable ! nous avons de bons généraux ! Changarnier va à Metz avec Bazaine ; Trochu est à Châlons avec l'empereur. Nous avons là toute une armée… : il ne faut qu'un coup de fortune, une bataille gagnée…, et nous débloquons Metz, nous refoulons l'ennemi… Ce M. Ollivier a eu bien peu de prévoyance, c'est vrai ! L'empereur a été trompé… ; enfin, vous le savez, ma

chère amie : « Dieu protège la France ! Ayons
confiance en la Providence. »

« La vérité, ma chère, disait madame Sardevet, c'est que le monde impérial fait ses
malles et envoie, par précaution, ses bagages à
l'étranger; que l'impératrice est aux Tuileries
comme dans un désert, et que les gens avisés
font leur cour au général Trochu. Vous rappe-
lez-vous sa brochure ? Nous avons lu ça, l'an
passé ; c'était bien déduit et surtout bien
écrit. Dans notre milieu on en a causé. Combien
l'ont lue, je ne saurais vous le dire; car, pour
vingt personnes qui parlent d'une chose, il y
en a cinq qui la connaissent. En tout cas, cela
ne sortit pas, en ce temps-là, des cercles militaires et de ceux où l'on s'occupe des ouvrages
sérieux. Il faut croire que depuis l'ouvrage, à
petit bruit, s'est étonnamment répandu.

» Bref, Trochu, c'est l'espérance; Trochu,
c'est le talent; et si les choses vont au plus
mal, c'est qu'on n'a pas assez tôt consulté
Trochu. Cela rappelle Daru, il y a quelques
mois, à cela près que la popularité du général
Trochu est bien plus grande et qu'il a au moins

fait une brochure. De Daru, personne ne parle plus depuis longtemps, comme vous savez : de l'empereur on parle le moins possible.

» Enfin c'est fini de rire, et il faut penser à nos affaires et vite.

» Quel parti prenez-vous ? Restez-vous aux Sablons ? Oui, probablement. Si vous n'étiez pas trop au complet, j'irais vous y rejoindre : que faire à Paris ? c'est un désarroi général au milieu duquel on a peine à se retrouver soi-même. »

Le 5 septembre au matin, M. Salençon parut aux Sablons :

— Eh bien ! ma belle amie, tout est perdu, et cette fois on ne peut pas ajouter « fors l'honneur ! » Le désastre est complet ! l'empereur est prisonnier ; l'impératrice est partie ; un gouvernement révolutionnaire s'est constitué sous la présidence de Trochu ; la Chambre s'est laissé dissoudre. Enfin ce n'est que déroute et trahison… et l'ennemi marche sur Paris ! »

Amélie était accablée.

— Le Sénat, fit observer M. Salençon, d'un air digne, a tenu bon jusqu'à la fin ; et sans Rouher, qui voulait prendre le train de sept

heures pour l'Angleterre, nous eussions attendu,
comme les pères conscrits de Rome, sur leurs
chaises curules...

Madame Ducrest eut un pâle sourire.

— On aura oublié le Sénat, murmura-t-elle.

— Enfin ! c'est l'effondrement.

— Oui.

— Mais nous allons voir ! nous allons voir !
On parle de nous réunir à Bourges ou à Blois ;
cela ne peut se passer ainsi.

— Peuh ! et en 1830 et en 1848 ? Combien
êtes-vous dans les deux Chambres, voire dans
le conseil d'État, qui voudriez assumer la responsabilité de la situation ?

— Le fait est que... En tout cas ce n'est pas de
cela qu'il s'agit ; mais de nous arranger, en hâte,
pour le cataclysme qui commence. Les Prussiens marchent sur Paris : ils seront devant les
fortifications sous peu de jours. Si vous avez
des arrangements à régler à Paris, des fonds à
toucher, des vêtements à prendre, des choses à
mettre en sûreté, il faut y aller, et tout de suite.

— Mais pourquoi ?

— Parce que dans cinq ou six jours les portes
peuvent être fermées ; parce que nous n'avons

plus une armée pour arrêter les Allemands ;
parce qu'ils feront le siège de Paris, le pren-
dront, peuvent le mettre à sac....

— Oh !..... mais que me conseillez-vous
donc de faire ?

— De vous enfermer ici, parbleu ! et de laisser passer l'orage.

— Ici ! mais avant d'entrer à Paris les Prussiens vont inonder le nord de la France ! et
ils se présenteront devant la grille des Sablons
avant de se présenter devant les forts.

— Probablement !

— Eh bien ! que faire ? Je ne puis pourtant
ni les recevoir, ni me défendre.

— Que voulez-vous ?... Il faut subir ce qu'on
ne peut empêcher.

— Pardon ! est-ce que vous croyez que moi,
Française, je vais attendre dans ma maison un
officier prussien, escorté de ses hommes, qui
me présentera un billet de logement ?

— Ma pauvre amie...

— Et que je lui donnerai la chambre de mon
mari, et que je le recevrai à ma table, et que je
laisserai, à proximité de ses tentatives, trois
jeunes filles, dont je suis moralement responsable?

19

— Pour les jeunes filles, il faut les renvoyer : vos nièces dans le Midi, avec leur mère ; mademoiselle Rose et ses parents, où il leur plaira d'aller ; en revanche, vous pourriez écrire à madame Sardevet de venir vous retrouver... Je ne parle pas de votre frère ; naturellement, il doit rester à son poste.

— Mon ami, vous ne me connaissez pas encore si vous croyez que jamais, en aucun cas, j'affronterais la situation dont vous me parliez tout à l'heure. Madame Sardevet peut venir ici, je lui laisse le château, je mets tout à sa disposition ; mais, pour rester chez moi et y recevoir l'ennemi, jamais !

— Si vous abandonnez votre maison, ils la mettront au pillage.

— Que voulez-vous !

— Chez un député de mes amis, en 1815, ils n'ont laissé que les quatre murs...

— Je m'attends à tout.

— Tandis que, lorsque les propriétés sont habitées et que les propriétaires leur donnent ce qu'ils demandent, ils se conduisent parfois très bien.

— Peu m'importe ! mon sacrifice est fait.

— Voyons, mon amie, soyez raisonnable...

— Comment ! vous voulez que je m'expose à me trouver en face des hommes qui, peut-être, ont tué mon fils ? Ah ! jamais ! Il est assez cruel de ne pouvoir le venger !

Et les yeux noirs d'Amélie lançaient des éclairs ; sa voix tremblait ! Jamais M. Salençon ne lui avait vu ce visage sur lequel, soudain, passa le reflet des colères de Jeanne d'Arc et de Jeanne Hachette.

— Alors, allez dans le Midi avec votre sœur.

— J'irai à Paris, reprit-elle, cette fois calme et résolue ; non pour y arranger mes affaires, pour y mettre en sûreté tels ou tels objets ; pour y réaliser une somme d'argent, mais pour m'y enfermer, moi Parisienne, avec les Parisiens !

— Vous ne ferez pas cela !

— Et pourquoi donc ?

— Demandez conseil à votre sœur, à votre frère, à vos amis.

— Il est tel cas où l'on ne prend conseil que de soi-même !

— Mais pour quoi faire ? Vous ne serez pas utile.

— Peut-être.

— Quand une ville est assiégée, les femmes, les enfants et les vieillards doivent en sortir.

— Eh bien ! que voulez-vous ! moi, j'y rentrerai. J'ai la confiance que Paris se défendra ! J'y vais, d'abord, emporter avec moi tout ce que je pourrai ici recueillir de provisions, pour autrui et pour moi-même ; puis là-bas je panserai les blessés, je soignerai les malades, j'apaiserai les colères et soutiendrai les courages... Je ferai de mon mieux, enfin, dans ma petite sphère. Paris, c'est le cœur de la France, voyez-vous, et j'ai l'honneur d'être Parisienne... Et puis... ou Raoul reviendra, et il verra que sa mère a, selon ses forces, combattu aussi pour la patrie ; ou il ne reviendra pas... et alors... oh ! alors... Mais je n'y veux pas penser !

Et des larmes chaudes jaillirent des yeux de la mère.

— C'est moi qui l'ai fait soldat, reprit-elle, et ne voyez-vous pas que j'ai besoin, pour oublier cela, de combattre et de souffrir !

Rien ne put prévaloir sur la résolution d'Amélie. Les prières de sa sœur, ses instances pour l'emmener, furent vaines comme les remontrances de M. Salençon.

Ce dernier allait s'établir dans le département. C'était, disait-il, le devoir des autorités et des grands propriétaires, de venir au sein des populations menacées, pour défendre leurs intérêts, quand il faudrait débattre les contributions de guerre avec l'ennemi ; pour les rassurer, pour les encourager jusqu'à la paix, qui ne pouvait tarder, car Paris ne tiendrait pas quinze jours ; et après, la paix s'imposait naturellement.

Madame Lemot partit, avec ses deux filles, pour retrouver son mari, que des devoirs professionnels avaient retenu tout le mois d'août, et dont les événements, depuis, avaient arrêté le départ pour les Sablons.

Les parents de Rose suivirent le conseil donné par M. Salençon, retournèrent en hâte à Paris pour mettre ordre à leurs affaires, puis se divisèrent : la mère et la fille rejoignant M. et madame Lemot, le père s'enfermant dans Paris, pour faire son devoir.

Amélie loua une tapissière qu'elle chargea de vivres ; puis une voiture pour elle-même, et le 8 septembre franchit les fortifications, qui, quatre jours après, devaient se refermer sur tout le monde.

XXIX

Paris est fermé. Plus de nouvelles du dehors ;
mais une grande activité intérieure. Paris veut
se défendre ; Paris ne se rendra pas. Ni pauvres
ni riches, ni républicains, ni autres ne veulent
ouvrir leurs portes à l'ennemi. Sur ce point, il
y a un accord universel ; du même coup,
pour s'entr'aider, fraternité également universelle.

Tous montent leur garde, au même titre, dans
leur section ; tous obéissent aux chefs. Tous
reçoivent leur consigne.

D'abord on croit en Trochu. On attend ses

promesses ; on cherche à deviner son plan. Mais ce plan est tenu tellement secret que nul ne le pénètre. Puis on se demande si Trochu a un plan !

D'abord, ce sont les mal pensants, les exaltés, les énergumènes des clubs qui émettent cette idée subversive et les esprits modérés se récrient : « Quoi ! douter de Trochu ? »

De Trochu !

Cependant le général Trochu, tous les jours, tient conseil avec ses collègues ; mais envers eux, non plus, il ne s'ouvre pas sur son plan. De tels projets ne sauraient être confiés même à des collaborateurs, fussent-ils les plus grands citoyens. Il faut croire et il faut attendre.

Eh bien, Paris croit et attend.

D'ailleurs, dans un conseil, le général ayant cru voir passer je ne sais quel éclair de doute sur le visage d'un de ses collaborateurs, n'avait-il pas déclaré que son plan était déposé chez un notaire ? Preuve indéniable d'authenticité !

Et, en attendant l'heure, Paris vivait sur lui-même : publiant et lisant ses journaux, allant au théâtre et gouaillant l'ennemi, sûr qu'il se croyait de lui faire échec.

Tout en même temps, Paris fabriquait des
canons, les hommes retranchant leur verre
d'absinthe et leur demi-tasse, les femmes donnant leurs bijoux pour payer le bronze.

Et de tous côtés on déployait une activité
extraordinaire. Ne fallait-il pas être prêt pour
le jour et l'heure ? D'un côté, Bazaine pouvait
arriver inopinément, avec toute l'armée de
Metz, pour prendre les Prussiens par derrière ;
de l'autre, Gambetta, qui était parti en ballon,
devait recruter et former des armées, sur la
Loire.

Allons donc ! et vite ! A vos sections, citoyens,
et faites l'exercice, car il va falloir, demain
peut-être, donner un terrible coup de collier !
A vos ambulances, mesdames ! car vous allez
dans deux jours, peut-être, recevoir des milliers
de blessés.

Avez-vous assez de charpie ? Et des bandes !
des bandes ! il en faut, et il en faut ! Ménagères
apportez vos vieux draps et même aussi les
bons !

Du bordeaux ! Il en faudra aussi pour les
convalescents : Qui a du bordeaux dans sa cave ?
Vite à l'ambulance !

Et puis, qu'est-ce que c'est que tous ces falbalas? Des robes simples, des robes courtes, avec des tabliers de toile, à bavette, dessus! Pour sortir, des waterproofs!

Car il faudra vous mouvoir, à travers les barricades et sur les champs de bataille, pour aller chercher les blessés. En tout cas, à quoi servent ces belles parures?

On sait bien que le soir vous vous réunissez pour faire, à plusieurs, de la charpie autour d'une lampe ; que, pour narguer l'ennemi, vous chantez au piano, et que, même, tout assiégées que vous êtes, il ne vous déplaît pas de charmer un moment vos amis.

Mais il y a temps pour tout. Faites-vous simples pour le service d'infirmières et faites-vous belles pour les concerts de charité.

Et puis, tendez-vous la main, toutes les unes les autres! Un patriotisme commun, de communs devoirs vous réunissent : celle-ci grande dame; cette autre simple bourgeoise; une autre actrice, ou bien... courtisane peut-être...

Jamais sociabilité plus étendue. Chaque salle d'asile, chaque ambulance est un salon; chaque place publique est un forum.

19

Forum élégant et mondain sur le boulevard;
forum populaire au Château-d'Eau, à la place
de la Bastille et ailleurs. Il semblait que tout
le monde se connût, et des gens qui se seraient
coudoyés en se traitant de « malotru » deux
mois auparavant, causaient comme de vieux
amis.

C'est qu'après tout, il n'y avait point d'étran-
gers : Tous Parisiens dans Paris !

Et faute de connaître le plan du général
Trochu, tout le monde avait le sien. On ne parlait que de tranchées et de retranchements ;
des mouvements tournants des Prussiens et de
la manière de les éviter. Et c'étaient des conversations interminables là-dessus. On s'exal-
tait, poussé par une foi inébranlable : les
Parisiens croyaient déjà voir les Allemands
faisant triste figure, entre les armées de secours
les investissant, au nord et à l'est d'une part, à
l'ouest et au sud de l'autre, et Paris armé jusqu'aux dents et sortant par toutes ses issues.

Incidemment on se demandait : « Avez-vous
fait des provisions ? »

Quelques-uns et quelques-unes répondaient :
— Oui, j'ai du riz et du chocolat, des confitures

et deux poules vivantes que, tant bien que mal,
je loge dans mon cabinet de toilette...

Et quelques autres:

— Ma foi non! Ça ne durera pas, ce siège!
Il faut bien en finir un jour ou l'autre ; et il y
a encore pour longtemps des vivres chez les
marchands!

— Euh! on dit que la viande s'épuise...

— Les légumes frais manquent...

— Mangeons-en de secs !

— Pour le lait...

— Il n'y en a plus que pour les enfants,
c'est entendu ! Mais on peut bien vivre sans
lait !

Le dimanche, pour ne pas perdre leurs habitudes, les Parisiens « allaient à la campagne ».

Ce qui veut dire qu'ils prenaient le chemin
de fer de ceinture, à la gare de Vincennes, et
rentraient par la gare de l'Ouest.

Et une semaine s'ajoutait à l'autre ; les
beaux jours devenaient rares, la saison froide
s'avançait.

D'autre part, que devenaient les absents,
les chers absents ?

Pas de nouvelles, de rien ni de personne. De temps en temps, quelques rôdeurs qui s'avançaient jusqu'aux grand'gardes, rapportaient un lambeau de journal allemand. Naturellement il n'y était parlé que de nos défaites. Mais on savait ce qu'il fallait en croire !

Amélie, rentrée dans son appartement de la rue Serpente, s'y était établie pour passer le temps du siège avec la plus stricte économie. Elle avait, d'autre part, emmagasiné le mieux possible les vivres dont elle s'était fait accompagner ; puis, après avoir compté ce qui restait de ses amis, après s'être rendu compte du nombre des enfants, des malades et des vieillards, restés dans son quartier, elle les avait répartis.

Pour elle, le strict nécessaire ; pour ses amis, selon leur fortune ; pour les malades et les enfants, selon leurs besoins. Et elle gardait une petite réserve pour l'imprévu.

« On assure partout, disait-elle, que le siège ne doit pas durer ; les uns, — à l'extérieur, — parce qu'ils croient que Paris se rendra ; les autres, — à l'intérieur, — parce qu'ils comptent, à bref délai, sur les armées de secours. Je n'ai pas besoin de dire, dans Paris, que ceux qui pensent qu'on se rendra se trompent ; mais je crains que ceux qui comptent sur une prochaine arrivée des armées de secours, ne se fassent des illusions. Il vaut mieux nous attendre à subir un long siège et ménager nos vivres, comme nos forces. »

On arrivait à la fin d'octobre, en effet, et rien de nouveau. Seulement on parlait du rationnement ; il était question de manger les chevaux et on se demandait ce que durerait le combustible, emmagasiné dans les fortifications ? Les rues, mal éclairées le soir, par un bec de gaz sur trois, s'attristaient ; et en même temps le bourdonnement du forum devenait menaçant :

« Pourquoi le gouvernement ne faisait-il rien ? Qu'est-ce que ce fameux plan du général Trochu ? Le général Trochu n'était-il pas un réactionnaire, ne trahissait-il pas ?

» Et puis comment n'avait-on pas de nouvelles ? Quoi ! tant d'hommes étaient sortis de Paris, qui par la Seine, qui autrement, et nul n'était revenu ? Comment, pas un pigeon non plus ? Pour les pigeons, c'était impossible ! Le gouvernement devait avoir les dépêches ? Alors pourquoi les cachait-il ? Les nouvelles étaient donc mauvaises ? »

Madame Ducrest allait un peu partout quand elle pouvait pacifier les esprits et faire du bien ; et chaque jour, elle aussi, portait sa lettre au ballon en partance. Sa lettre, toujours la même, adressée au capitaine Ducrest, armée du maréchal Bazaine, division Changarnier, sous Metz.

Et partout c'était la foule, et partout c'était le forum ; dans les boucheries et autour des ballons ; et partout elle entendait sourdre, des pavés, les grondements précurseurs des soulèvements populaires.

Un des anciens amis de son mari et de son frère, jadis commensal de la maison Langlé, et depuis l'un des hôtes de son salon, faisait partie du gouvernement. Elle lui écrivit pour lui demander de venir la voir, s'il le pouvait.

— Chère madame, me voici : qu'y a-t-il pour votre service ? lui dit le ministre, qui se rendit immédiatement à son appel.

— Pour mon service ? Rien ! Mais je meurs

d'inquiétude. Mon fils est à Metz... s'il existe
encore! car depuis le 16 août je n'ai pas eu un
mot de lui. Eh bien, avez-vous des nouvelles,
des nouvelles quelconques?... On fait circuler
des bruits désastreux : je ne veux pas les
croire, ils viennent des Allemands. Mais
peut-être savez-vous quelque chose... Dites-
moi... même ce que vous ne voulez pas dire !
Y a-t-il eu de nouveaux combats? des morts?
des blessés?

— Des nouvelles? chère madame ; nous n'en
savons guère. Rien ne nous parvient sinon des
bribes; et encore : en savons-nous bien la prove-
nance? Cependant je vais vous en donner une
grosse: M. Thiers, qui a parcouru l'Europe
pour nous chercher sinon des alliances, au
moins des sympathies, traite, entre Paris et
Versailles, d'un armistice avec ravitaillement ;
s'il entre dans Paris, il nous dira où nous
en sommes à l'extérieur...

Le lendemain, c'était la nouvelle du désastre
de Metz, éclatant, comme un coup de foudre,
au milieu du grand silence qui régnait dans la
ville assiégée ; puis l'émeute ; le soulèvement
des couches populaires en fermentation ; puis

le refus de l'armistice ; puis les portes refer-
mées sur M. Thiers. Et la seconde période du
siège commençant.

Période sombre, sinistre, en même temps
que furieuse et désespérée...

On savait qu'il ne restait point de secours
à attendre du côté du nord ni de l'est. On savait que, sur la Loire, nos armées combattaient,
pied à pied, et tentaient un suprême effort
pour se rapprocher de Paris ; on savait aussi
que, libre par la reddition de Metz, le prince
Frédéric-Charles s'avançait, à marches forcées,
pour intercepter toute possibilité de rencontre ;
on savait que les vivres allaient manquer: et tous
voulaient mourir plutôt que de se rendre !

Amélie Ducrest comme les autres !

A mesure que les privations s'imposaient,
à mesure que les chances de lutte et de succès
diminuaient, augmentait en elle je ne sais
quel patriotisme exalté. Il lui semblait qu'on
pouvait s'élancer d'un bond furieux et percer
les lignes prussiennes, si on le voulait bien !

Lâches ! ceux qui n'avaient pas percé à Sedan!
Traîtres! ceux qui n'avaient pas percé à Metz!

Les ardentes passions de Paris, elle les par-

tageait. Et qui ne les partageait pas, alors,
parmi les assiégés ?

Tels, dans un couvent soumis à une règle
sévère, à un régime d'abstinence, à des exer-
cices religieux fréquents, à des oraisons perpétuelles, s'exaltent les esprits des moines, tels
s'exaltaient les·esprits des Parisiens enfermés,
privés de nouvelles, privés de nourriture et
même de sommeil par la canonnade incessante
des forts.

Les moines ont des extases et des visions :
les Parisiens croyaient à l'impossible, et plus
se brisait l'équilibre de leurs forces normales,
plus se tendait en eux une certaine force nerveuse... qui pouvait se briser au premier obstacle... ou réaliser un miracle.

Certaines paroles ont été dites, alors, qui ont
été jetées, depuis, comme une sanglante raillerie
au visage de leurs auteurs.

« Pas une pierre de nos forteresses, pas un
pouce de notre territoire ! » s'était écrié Jules
Favre à Ferrières. « Parisiens, je marche à l'ennemi et ne rentrerai que mort ou victorieux ! »
s'écriait Ducrot risquant sa sortie des premiers
jours de décembre.

Eh bien, l'histoire a déjà jugé la première : et nous savons tous, contemporains, qu'à l'heure où Jules Favre la prononça en jetant, comme Brennus, l'épée gauloise dans la balance, il était l'écho du sentiment national.

La seconde, quand elle fut écrite, était sans doute sincère. Qui sait ? Le général, en l'écrivant dans une proclamation restée fameuse, se sentait peut-être des forces qui lui firent défaut, dès qu'il eut franchi une certaine ligne et quitté une certaine atmosphère ?...

XXX

— Pour moi, disait un jour Amélie à celui
des membres du gouvernement qu'elle connaissait et qui venait quelquefois la voir, —
pour moi, — je désire que vous le sachiez à
l'Hôtel de Ville, — je suis une femme qui n'ai
plus rien à faire en ce monde, et qui a encore
de l'énergie, du courage, du dévouement au service de la patrie : quelquefois cela peut servir ;
une vieille femme quand elle est alerte et qu'elle
a une ferme volonté de réussir, passe où un
homme ne pourrait passer. Si l'instrument vous
paraissait utile, aujourd'hui ou demain, usez-en.

L'homme était sceptique, de nature, et plus spirituel que passionné.

— Eh! chère madame, que pourriez-vous faire? Traverser les lignes ennemies peut-être : et après? La province, croyez-le bien, ne doute pas de notre détresse : elle reçoit de nos nouvelles par les ballons, par les pigeons...

— Mais sans doute nul n'oserait, dans une dépêche qui peut être interceptée par l'ennemi, dire le véritable état de Paris.

— Et quand nous ferions savoir, au gouvernement de Bordeaux, que nous n'avons plus de pain tout à l'heure et qu'on tue nos derniers chevaux? que les hommes du 31 octobre sont sur le point de tenter un nouvel assaut de l'Hôtel de Ville? que voulez-vous qu'il y puisse? Et quand vous trouveriez encore moyen de rentrer dans Paris, ce que personne n'a pu faire, et que vous nous apprendriez l'état de la province, qu'y pourrions-nous davantage?

— Cependant, en sachant où sont les armées ennemies et où sont les nôtres, il me semble qu'on s'orienterait, au moins, pour diriger la grande sortie...

— Comment, est-ce que vous croyez, vous,

une femme intelligente, à la « sortie torrentielle » ?

— Mais oui, j'y crois.

— Pas possible !

— Mais pourtant si nous n'avons plus de
vivres ; si vous n'attendez aucune armée de
secours, si Paris doit trouver en lui-même ses
ressources suprêmes, je ne vois pas comment
en finir, sans nous lancer sur l'ennemi, pour
faire sur Versailles une formidable trouée.

— Et vous voulez que nous conduisions l'héroïque population parisienne, comme un trou-
peau, à la boucherie.

— Pardon ! Mais alors, que comptez-vous faire ?

— Eh !.. c'est aux généraux à voir ce qui est
possible.

— Les généraux ? nous les connaissons maintenant. Attendez-vous donc qu'ils aillent signer
la capitulation de Paris, après celles de Sedan
et de Metz ?

— Trochu a dit qu'il ne capitulerait jamais.

— Chansons ! Et alors il compte ?..

— Sur la Providence...

— Ah ! c'est là son plan ? Vous raillez, mon
cher ministre, et pourtant ce n'est pas l'heure.

— C'est qu'aussi, chère madame, je ne reconnais plus votre esprit si juste, si fin d'ordinaire, votre raison si clairvoyante...

Amélie se tut un instant, regarda dans les yeux le membre de la Défense nationale, puis :

— Mais alors, où allons-nous ?

— Nul ne le sait. Nous allons devant nous, jusqu'à la fin, et c'est en cela que consiste la défense d'une ville assiégée.

—Et le rôle du gouvernement est d'attendre ses dernières convulsions et de présider à son agonie ?

— Le rôle des généraux est de diriger les opérations militaires, celui des citoyens, de défendre leurs remparts; celui des administrateurs civils, de faire durer les vivres le plus longtemps possible.

— Et vous avez Paris armé jusqu'aux dents et soulevé par un élan d'héroïsme peut-être unique dans l'histoire, et vous arrêterez son essor... et vous ferez avorter la force de projection qui le pousse en avant...

— Nous ne ferons pas massacrer nos concitoyens...

Maintenant les rues sont toutes noires; il n'y a plus de gaz; sur le sol une épaisse couche de neige : les chevaux ont été réquisitionnés pour la boucherie; il n'y a plus de tombereaux. Dans les restaurants, on vend aux riches des viandes de tous les noms, déguisées par toutes les sauces; chez les marchands de comestibles, des boîtes de conserves fabriquées avec les abats de toutes les bêtes mortes; au peuple, on délivre, à la porte des boucheries, sur la présentation des cartes de la mairie, d'infimes morceaux de chair; et pour les obtenir les ménagères doivent faire, les pieds dans la neige, d'interminables heures de queue. Un œuf, pour un malade, ne s'obtient pas à moins de 2 à 3 francs; de même un morceau de céleri, qu'on fait bouillir dans l'eau pour en tremper le pain, fait de farines échauffées de plâtre et de son, et se donner l'illusion d'une sorte de potage.

Pas de feu à l'âtre nulle part; çà et là des rôdeurs offrant un rat d'égout, un chat de gouttière, ou bien quelques pommes de terre, trouvées, disent-ils, dans la plaine Saint-Denis et enveloppées dans un journal prussien.

Sur les murs des affiches de toutes couleurs, de toutes grandeurs et de toutes sortes : les unes annonçant un bouillon chimique admirable, les autres un gilet cuirasse à l'épreuve des balles; celles-ci convoquant les citoyens à une réunion publique, ou bien à une sortie générale, au besoin sans l'ordre des chefs. Les autres, sur papier blanc, émanant du gouvernement et exhortant les citoyens au calme, à la confiance et à la patience. Il y avait aussi les arrêtés de police, à propos du rationnement, et de la vente des denrées.

Par places, passaient des restes d'anciennes affiches sur lesquelles le « pâle voyou » avait écrit au crayon sa plaisanterie ou son injure.

C'étaient les proclamations du général Trochu, sur les marges desquelles on avait écrit les couplets, alors bien connus, d'une chanson sur le fameux plan; c'était la proclamation du général Ducrot, « mort ou victorieux », avec ces mots, entre parenthèses, au-dessous de la signature : « qui n'est ni l'un ni l'autre ».

Et toujours, toujours, nuit et jour la canonnade.

Les Prussiens, même, maintenant bombardaient Paris, et leurs obus venaient éclater jusque sur la place Saint-Sulpice.

On allait voir ça le jour pour se distraire et pour narguer le froid en battant la semelle, — comme on allait voir les ballons et les pigeons et demander des nouvelles, sur la place de Hôtel-de-Ville.

Toute la nuit des patrouilles.

Et le pain de plus en plus mauvais, et les colères du peuple armé, de plus en plus frémissantes.

De même qu'en 89, c'était la cour qui affamait le peuple en encourageant les accapareurs : de même alors, c'était le gouvernement de la Défense qui pactisait avec l'ennemi...

Amélie, pâle, maigre et l'œil ardent, multipliait ses soins pour tromper sa fiévreuse angoisse. A l'ambulance, elle passait la nuit auprès des malades ; çà et là, elle gardait les enfants tandis que les mères allaient faire la queue...

Et le reste du temps elle écrivait à Raoul : tantôt des billets sur papier pelure d'oignon, grands comme la moitié d'une carte de visite, d'une petite écriture fine et serrée, pour les faire placer sous l'aile d'un pigeon voyageur ; tantôt des lettres de la dimension réglementaire, et encore bien minces et bien exiguës, pour être emportées dans le paquet postal placé dans la nacelle des ballons; tantôt de longues, longues lettres, qu'elle gardait, espérant toujours qu'une trouée quelconque se ferait qui lui permettrait de les envoyer toutes.

Et il y en avait autant que de jours, depuis le commencement du siège.

Mais où était Raoul?

Prisonnier en Allemagne, s'il vivait encore!

Ou bien, s'il avait pu s'échapper, ici ou là, en France, défendant le sol national.

Elle adressait donc aussi des lettres pour Raoul, à son frère et à sa sœur, en province, afin qu'ils les fissent parvenir.

Parfois, même, elle en adressait en Angleterre à madame Sardevet, qui s'y était réfugiée.

Mais une lettre quelconque, sortant de Paris, arrivait-elle à son adresse? et les courriers n'étaient-ils pas tous interceptés par l'ennemi? qui sait? Qui sait où en était la France depuis le 31 octobre?

Le mois de janvier s'avançait.

Sous la pression sinistre et menaçante de la famine et du froid, Paris entier se condensait

pour un dernier élan : il voulait tirer sur l'ennemi les balles qu'il avait fondues, les canons
qu'il avait payés ; et surtout il ne voulait pas
succomber sans combattre.

D'une seule voix il réclamait la grande sortie,
la sortie torrentielle de la garde nationale.

Cette sortie que la population entière voulait,
le gouvernement ne la voulait pas.

Ce n'est pas ici le lieu de dire s'il eut tort
ou raison de s'opposer à ce mouvement spon-
tané de la ville assiégée ; ni quelles furent les
conséquences de son opposition.

Mais de toutes parts on sentait que la crise
finale approchait : quelle serait cette crise ? Ne
commencerait-elle pas à l'intérieur avant de
finir à l'extérieur ?

Madame Ducrest surtout était possédée du
sentiment que l'heure solennelle allait sonner.
Elle l'attendait sans crainte ; mais en songeant
qu'elle n'y survivrait peut-être pas, elle crut
devoir prendre ses dernières dispositions.

En effet, Raoul avait peut-être succombé, et, en
ce cas, elle voulait laisser sa fortune à sa sœur
pour les deux tiers, à son frère pour l'autre tiers.

Enfin, et surtout, si Raoul était vivant, elle

voulait que, s'il ne la retrouvait plus, du moins il trouvât sa dernière pensée :

« Mon cher fils, lui écrivait-elle, je sens aujourd'hui, 15 janvier 1871, que de terribles événements s'apprêtent. Peut-être ne nous reverrons-nous jamais en ce monde. Que faut-il, en effet, pour qu'une pauvre vieille femme, émaciée par le jeûne, angoissée, six mois, par toutes les tortures morales, succombe et disparaisse ? Le moindre choc peut-être.

» En ce moment, je ne suis pas malade, j'ai même une force singulière, et pourtant il me semble que je ne vis presque plus.

» J'espère que tu auras cette lettre que je dépose, en lieu sûr, avec mon testament ; je veux qu'elle te dise combien je t'ai aimé. Tu as été, depuis la mort de ton père et celle de ma mère, l'unique objet de ma tendresse, l'unique but de mes espérances. Juge de ce que j'ai dû souffrir quand je t'ai vu partir pour la guerre et quand je me suis dit : « C'est moi qui l'ai fait soldat ! »

» Ma conscience, pourtant, aujourd'hui est apaisée ; car, simple citoyen, tu serais assurément parti de même, pour la défense du territoire, et je ne t'aurais pas retenu.

» Dieu sauve la patrie, mon enfant ; et toi, garde la mémoire de ta mère, en te disant que, dans mon petit coin, et comme j'ai pu, tandis que tu risquais la vie, moi aussi, je faisais mon devoir. »

Le 19 janvier, au matin, les troupes qui restaient, les marins enfermés dans Paris et les bataillons de marche de la garde nationale, défilaient par les rues, tambour en tête.

Enfin... une sortie venait d'être commandée par les généraux ; non la grande sortie de toute la population armée ; mais une sortie où une partie de la garde nationale, allait donner.

En même temps, tout le reste de la population mâle se tenait l'arme au pied, prêt, ou pour soutenir l'avant-garde de l'armée parisienne, ou pour défendre ses fortifications et ses barricades, si l'avant-garde, écrasée par le nombre, était poursuivie par l'ennemi.

On marchait sur Versailles : de quels vœux Paris accompagnait les combattants !

Hommes et femmes déployèrent une activité vertigineuse. Brancardiers et ambulancières transportaient leur matériel sur le point d'at-

20.

taque ; et, après cette longue attente dans le silence et dans la nuit, c'était à Paris une effervescence générale ; non plus, ce jour-là, l'effervescence sourde qui s'élève des colères contenues, mais celle qui s'émeut de la lutte qui s'apprête, de l'action qui commence.

Allons ! sus sur Versailles ! En avant les affamés de vengeance, de nouvelles et de pain !

Les bataillons marchent en bon ordre et résolus : ils manœuvrent à la parole des chefs, franchissent nos lignes de défense et prennent position. A peine ils ont le temps de se former en flèche et d'assurer leurs derrières, que le grand branle-bas commence. Versailles tonne : Paris s'élance, faisant feu de toutes ses pièces, et prêt à mettre au besoin la baïonnette au bout du fusil.

L'histoire dira si, ce jour-là, les Parisiens se sont bien battus ; s'ils soutinrent bravement le feu de leurs adversaires et si, après la journée de Buzenval, les généraux eurent raison de faire sonner la retraite.

On sait déjà que Versailles prit peur : non pas, sans doute, d'une déroute de l'armée allemande, mais d'une surprise hardie qui pouvait,

du moins, mettre aux mains de la ville assiégée, des moyens de ravitaillement, et indiquer une voie aux armées du nord et de l'ouest.

On sait aussi quels illustres victimes restèrent
sur le champ de bataille et comment, mitraillés
mais non vaincus, vainqueurs peut-être, les Parisiens, ralliés à la nuit par ceux qui les comman-
daient, obéirent sans comprendre ; — car, dans
la mêlée des batailles, nul ne comprend, parmi
ceux qui se battent, le sens général de l'action.

Tandis que les bataillons rentraient, à la
fois brisés de fatigue et irrités d'une retraite
qui coupait court au résultat de la sortie, les
voitures d'ambulance et les brancardiers, pré-
cédés de la croix de Genève, sortaient pour
aller ramasser les morts et les blessés.

Derrière eux marchaient quelques femmes,
les plus courageuses parmi les ambulancières :
celles qui pouvaient risquer leur vie parce
qu'elles n'avaient au logis ni mari, ni enfant
pour les attendre, et celles qui savaient le
mieux poser des bandes et faire des liga-
tures.

Chacune d'elles portait dans des poches,
attachées à sa ceinture par-dessous son wa-

terproof, de la charpie, du sparadrap, des bandes, et quelques fioles contenant de l'arnica, du phénol et de l'eau-de-vie : car les voitures d'ambulance pouvaient ne pas être toujours à la portée de son appel.

Amélie Ducrest en était, et non la dernière.

Il faisait nuit ; la terre, détrempée par les pluies, s'accidentait des tranchées qu'il fallait franchir et qu'on ne distinguait pas dans les ténèbres.

Et puis, c'était loin ! loin ! loin ! et déjà il avait fallu traverser tout Paris, puis, après Paris, la zone des fortifications.

Et ces femmes étaient frêles et ne se soutenaient que par cette force nerveuse qui est particulièrement propre à la femme et qui lui fait accomplir, à certaines heures, des prodiges dont les hommes restent stupéfaits.

Çà et là, on rencontrait un traînard vaincu ou tombant d'épuisement. On lui donnait une goutte d'eau-de-vie et on lui indiquait sa route.

Puis on marchait, et on marchait encore : à travers les sillons et à travers les ruines des maisons démolies par le canon, quand plus à travers les tranchées.

Et il faisait froid, et il faisait noir et une humidité glacée transperçait les vêtements et pénétrait jusqu'aux os.

Il fallut deux grandes heures pour arriver sur le champ de bataille.

Et là, quelle épouvantable chose !

Ils étaient couchés par centaines, les pauvres jeunes gens !

Amélie eut un frisson terrible. — De froid ? — Non ! Parce que, tout à coup, elle pensa aux champs de bataille de Saint-Privat et de Gravelotte, où peut-être son fils était resté gisant.

Et vers chacun des morts elle se penchait : Était-il froid ? était-il raide ? ne restait-il aucun espoir de rappeler la vie ?

Quelquefois un blessé faisait un signe, poussait un gémissement. Elle appelait : les brancardiers le ramassaient ; elle le pansait à la hâte... puis :

— Allons, voyons encore !

Et elle repartait ; et elle cherchait toujours.

Le périmètre du combat s'élargissait : les brancards chargés retournaient vers les voitures d'ambulance et celles-ci vers Paris. Les porteurs partis les premiers manquaient, et ceux qui devaient suivre n'arrivaient pas encore.

Alors, ceux qui restaient se dispersaient pour aller plus vite à la recherche des blessés.

En même temps, apparaissaient des silhouettes inattendues. C'étaient celles de ces hideux fouilleurs de cadavres, qui surgissent autour des tueries humaines : sortant on ne sait d'où, appartenant à telle ou telle nationalité, selon qu'ils se sentent aux mains de l'un ou de l'autre belligérant; se tenant à distance quand ils ne sont pas en force, pratiquant effrontément leur métier de corbeau quand ils croient pouvoir le faire impunément : capables de tous les mauvais coups, pour voler une montre ou une paire de bottes.

Peu leur importait la croix de Genève : la croix de Genève n'avait, pour les chasser, que des paroles.

Quelques-uns étaient vêtus de débris d'uniformes : qui d'un pantalon rouge, qui d'une veste allemande. Aux lueurs pâles d'une lune tardive, Amélie crut voir briller, çà et là, des casques prussiens...

Que lui importait! que lui importait! Sou-

tenue par une surhumaine énergie elle marchait
et elle cherchait toujours...

Ses compagnons n'en pouvaient plus ; ils
s'appelaient les uns les autres pour se rassem-
bler, croyant avoir épuisé leur lugubre besogne.

Tout à coup, Amélie crut entendre un cri.
Il lui sembla qu'un homme, qu'on dépouillait,
appelait au secours.

— A moi ! s'écria-t-elle de toute la force de
sa voix... A moi ! à moi ! Il y a, ici, un homme
qui vit encore.

Les brancardiers accoururent ; le fouilleur de
cadavres s'enfuit ; elle s'élança vers le blessé.
Hélas ! s'était-elle trompée ? Le pauvre soldat
gisait inerte. Elle le souleva, lui mit la main
sur le cœur.

— Encore un peu de chaleur, je crois, dit-
elle aux ambulanciers qui arrivaient.

On releva le pauvre mourant : on fit couler
quelques gouttes d'eau-de-vie entre ses dents
serrées.

Et à son tour, Amélie, épuisée, fléchit.

— Madame, vous n'en pouvez plus... C'est
vous que nous allons être obligés de ramener,
sur un brancard, jusqu'aux voitures d'ambu-

lance, lui dit un de ses compagnons ; appuyez-vous sur mon bras.

— Non, dit-elle, ce n'est rien : l'émotion seulement... Ah ! si je pouvais avoir sauvé ce pauvre garçon !

Et elle se remit à marcher seule, pour accompagner la civière... en pensant encore à Raoul !

Soudain, un coup de feu partit dans l'ombre; — le misérable dont elle venait de ravir la proie, sans doute ! — et elle tomba !

. . . .

Ses compagnons la relevèrent et placèrent son corps à côté de celui du soldat.

On la ramena rue Serpente : on l'étendit sur son lit telle qu'elle était, dans son costume d'ambulancière. Ce ne fut qu'un cri dans la maison.

Ses amis aussitôt prévenus arrivèrent. Tout le quartier, qui la connaissait, passa devant le lit funèbre. De toutes parts arrivèrent les fleurs qu'on put se procurer dans les serres...

Les brancardiers de la croix de Genève voulurent la porter eux-mêmes au Père-Lachaise, jusqu'à son tombeau de famille. Une foule énorme accompagna son cercueil.

Et quand elle fut couchée là, près de son

père et de sa mère, en attendant que Raoul
Ducrest, s'il revenait, en décidât autrement et
l'emportât au petit cimetière des Sablons, des
voisins, des amis, firent graver sur une pierre :

CI-GIT

AMÉLIE LANGLÉ, VEUVE DUCREST,

TUÉE A L'ENNEMI

LE 19 JANVIER 1871

Et la pierre doit y être encore, car Raoul
était resté sur le champ de bataille de Gravelotte.

FIN

Saint-Jean, avril 1882.

PARIS. — IMPRIMERIE CHAIX, 20, RUE BERGÈRE. — 13900-2.

www.ingramcontent.com/pod-product-compliance
Lightning Source LLC
Chambersburg PA
CBHW070310030726
47505CB00004B/974